U1067994

SHORT CLASSICS
短经典精选

LA LENGUA DE LAS MARIPOSAS

Manuel Rivas

蝴蝶的舌头

〔西班牙〕马努埃尔·里瓦斯 著　李静 译

人民文学出版社
PEOPLE'S LITERATURE PUBLISHING HOUSE

著作权合同登记号　图字 01-2023-4155

Manuel Rivas
LA LENGUA DE LAS MARIPOSAS

First published in Spain under the title
¿Qué me quieres, amor?
Copyright © Manuel Rivas, 1995
All rights reserved.

图书在版编目(CIP)数据

蝴蝶的舌头/(西班牙)马努埃尔·里瓦斯著;李静译.
—北京:人民文学出版社,2024
(短经典精选)
ISBN 978-7-02-018316-6

Ⅰ.①蝴…　Ⅱ.①马…　②李…　Ⅲ.①短篇小说-小说集-西班牙-现代　Ⅳ.①I551.45

中国国家版本馆 CIP 数据核字(2023)第 204260 号

总 策 划　**黄育海**
责任编辑　**朱卫净　欧雪勤**
封面设计　**好谢翔**

出版发行　**人民文学出版社**
社　　址　**北京市朝内大街 166 号**
邮政编码　**100705**

印　　制　**凸版艺彩(东莞)印刷有限公司**
经　　销　**全国新华书店等**

开　　本　**889 毫米×1194 毫米　1/32**
印　　张　**4.5**
字　　数　**78 千字**
版　　次　**2024 年 1 月北京第 1 版**
印　　次　**2024 年 1 月第 1 次印刷**

书　　号　**978-7-02-018316-6**
定　　价　**50.00 元**

如有印装质量问题,请与本社图书销售中心调换。电话:010－65233595

SHORT CLASSICS

短经典精选

献给 Yoyo，

他爱画门廊，好胡思乱想。

目录

亲爱的，你要我怎么做？

爱神啊，我来向你诉苦：
我的女神总是打发你来，
将我从睡梦中唤醒，
让我撕心裂肺地痛。
既然她不愿见我，也不愿跟我说话，
爱神啊，你要我怎么做？

——费尔南多·埃斯基奥

我梦见了夏日第一枚樱桃。我递给她，她看着我，放进嘴里，眼神火辣，充满罪恶。突然，她吻了我，把樱桃还入我口中。我的心弦永远被触动。樱桃核好比纯天然的音符，在牙齿组成的键盘上流动了一整天。

到了晚上："亲爱的，我有东西给你。"

我把第一枚樱桃的核留在她口中。

其实，她不愿见我，也不愿跟我说话。

她吻了吻我母亲，安慰她，往门口走。瞧！我喜欢她走路的样子！像永远蹬着双溜冰鞋。

救护车呼啸着一路向前。昨日的梦让我莞尔：她在玻璃大厅的盆栽和瓷器间穿梭，向我飞来，栖息在我怀里。

大清早，我去超市看她。她负责为收银台分发零钱、为柜台传递口信。想找她，在中央收银台前等着就行。她来了，优雅地从打过蜡的走道溜来，转身，停住，乌黑的长发随着红色的百褶裙制服左右摇曳。

“蒂诺，这么早来干吗？”

“不干吗，”我装糊涂，“来给‘珍珠’买吃的。”

她总爱和珍珠亲热。不用说，我对她了如指掌，晚间的遛狗时间严格遵从罗拉的出现时间。那是一天最美好的时光，我和她在鲜花区郁金香大厦的门廊下逗狗玩。有时，她没在九点半出现，我就带着狗遛啊遛，遛到她的高跟鞋声在夜幕中响起，我的小心脏也扑通扑通地跳个不停为止。那时，我总是手足无措。她是我的女神——从哪儿来的？——我只是个臭小子。我恨死我自己。电梯镜子里的我没前途、没工作、没汽车，成天窝在沙发上看各种垃圾电视，翻抽屉找硬币买烟抽。那一刻，感觉是珍珠在牵着皮带遛我。要是妈妈问起怎么会遛这么久，我会说些难听话，堵她的嘴。

我去超市看她，给自己打气。“狗粮在尿不湿边上。”

她溜着冰鞋走了，长发和裙子左右摇曳，让我想起饭后纪录片里草鹭、白鹤等候鸟的飞翔。我敢说，总有一天，她会飞来，栖息在我怀里。

一切尽在掌握之中。多姆博当晚在超市停车场开着偷来的车等我。他拿家伙给我看，我掂了掂，是支压缩空气手枪，挺唬人的，能镇得住，看上去像铁甲威龙之类的装备。原本我们挺犹豫的，到底用假枪还是把他爸爸的长筒猎枪截短了用。多姆博说：“截短的猎枪更威风。”我琢磨了好久。“多姆博，一定要从容不迫，干净利落。提着猎枪，像吸毒注射的小混混，在场的人会非常紧张。人一紧张，就会做些莫名其妙的事。大家都喜欢专业人士，俗话说得好：‘各司其职。’别捅娄子，做些猫盖屎的活儿，要专业。截什么猎枪呀？手枪多漂亮！”多姆博也不愿意把脸露在外头，我跟他说：“多姆博，一定要让他们当真。专业人士才不会让人笑话，用袜子去蒙脸。”大块头多姆博对我永远信任，让我感动。我一说话，他就两眼放光。要是我也像多姆博那样信任我自己，早就把世界踩在脚底下了。

我俩把车停在阿格拉·德·沃尔桑市场，背上运动包。果然不出所料，巴塞罗那商业步行街中午人头攒动。这活儿简直小菜一碟！分行的门开了，请老太太进去，我俩紧随其后。所有步骤事先多次预演过。“先生们，这是抢劫！请勿慌张！”我举起手枪，示意大家镇定。所有顾客安静有序地集中在指定角落。有人自愿交出钱包，我请他收好，说我们不是扒手。“麻烦您把包装满。”我对一位模样干练的职员说。他一眨眼的工夫就装好了。现场气氛文明，多姆博深受感染，连声致谢。“好了，为了避免麻烦，请诸位十分钟之内不要动，谢谢配合。”就这样，我们往外走，似乎那是家洗衣店。

“站住，不然开枪了！”

总之，要镇定。我灵魂出窍，接着往前走。一步、两步、三步、出门、跑！街上人多的是。大块头多姆博不假思索，如橄榄球运动员，冲进人群。而我则宛如在梦中。

“站住，王八蛋，不然开枪了！”

我从打开的包里掏出手枪，不紧不慢地转过身，右手举枪。

“怎么了？有问题？”

是那个自愿交出钱包的家伙。他站在那儿，两腿分开，双手稳稳地举着一支左轮手枪。专业人士，便衣保安，一定是。

“小子，别装傻了，把玩具枪扔掉！”

我笑着说“没门”，把包扔到他脸上，钞票漫天飞舞，慢慢落下。“王八蛋，吃屎去吧！”我撒腿就跑，行人惊慌失措地让道。

不好！行人往两边躲，让出一条该死的道，就像打了个洞，前方是隧道，后方是洞口。真烫！像被马蜂蜇了一下。

救护车在呼啸，我在笑。护士不解地看着我，我居然在笑。罗拉在玻璃大厅的玫瑰花和杜鹃花间穿梭，溜过来，抱住我。这是我们的家。她蹬着溜冰鞋，长发随红色的百褶裙左右摇曳，想给我惊喜：那个樱桃吻。

晚上，透过玻璃门，我看见殡仪馆的电子屏幕上写着："益人利己，请勿喧哗。"多姆博，赤胆忠心的大块头多姆博来了。"节哀顺变。"他难过地对母亲说。别对我说这不好笑，他真像康迪弗拉斯[①]，笑得我眼泪都出来了。他看着我，热泪盈眶。"多姆博，傻瓜，走吧，离开这儿，用那笔钱买一座带玻璃大厅的房子和一台超大号索尼特丽珑电视机。"多姆博手抄口袋，一个劲地哭，眼泪像断了线的珠子，把衣服全哭湿了。

对门的何塞法太太也在，我们都叫她"法"。她心里一直清楚，眼神永远责备。但我还是感谢她，她什么也不说，好歹都不说。我跟她打招呼："早上好，法。"她嘟囔一声。何塞法无所不知，却闭口不言，只会去帮妈妈。晚上，我手握电视遥控器；她陪妈妈吸切斯特烟，喝波尔图眼泪牌葡萄酒。如今，她搀着妈妈，不时地回头

---

① 康迪弗拉斯原名马里奥·莫莱诺（1911—1993），墨西哥著名喜剧演员。

看我一眼，眼神不再责备，画十字，祈祷。她是专业人士。

快完了。我在电子屏幕上看到了下葬时间：12:30 在费昂斯。

罗拉跟妈妈告辞，往灵堂门口走。那姿势，虽然穿着鞋，也像在飞，跟草鹭似的。咦！她要干吗？她突然转身，穿着百褶裙溜过来，停在玻璃棺前，惊恐地看着我，仿佛第一次留意到我的存在。

“吓着你了？”

“蒂诺，你怎么敢的？”

她芳唇半启，眼神火辣，充满罪恶。

我梦见了夏日第一枚樱桃。

蝴蝶的舌头

——献给查贝拉

“你好，小麻雀！希望今年我们终于能看见蝴蝶的舌头。”

老师翘首期盼了很久，盼给公立学校寄来显微镜。他向我们多次描述过显微镜如何将细小的、肉眼看不见的东西放大，说得绘声绘色，如强力透镜，将微观世界展现在孩子眼前。

“蝴蝶的舌头像钟表弹簧，是个螺旋形吸管。它要是喜欢一朵花，会把舌头拉长，伸进花萼中吮吸。你们把湿手指伸进糖罐时，会不会感觉嘴里甜甜的，指尖就好比舌尖呢？蝴蝶的舌头就会有这种感觉。”

于是，所有孩子都嫉妒起蝴蝶来。这也太美了点！披着节日的盛装满天飞，花儿就是驿站，蜜罐满满当当。

我很喜欢那位老师。一开始，父母不信。我是说，他们理解不了我会喜欢老师。小时候，学校就是地狱，“学校”两个字等于空中飞舞的藤条。

“等上了学，有你好看！”

和许多年轻人一样，我的两个舅舅为了逃避逢五抽一去摩洛哥打仗，移民去了美洲。而我为了逃避上学，也梦想着去美洲。据说，的确有孩子为此逃进山里。两三天后，吓坏了的逃兵崽又会默默地从狼崖边逃回家来。

我快六岁了，大家都叫我“小麻雀”。与我同龄的孩子已经开始干活，可我父亲是裁缝，既无田产，也无牲畜，不想我去他的小裁缝铺里添乱。于是，我每天都在杨树林大道上跑来跑去。收垃圾和干树叶的克尔代罗给我起了个绰号：“你就像只小麻雀。”

入学前的那个夏天我跑得最欢。我发疯似的跑，有时跑出杨树林大道，一直往前，盯着西那伊山顶，幻想着哪天生出翅膀，飞去布宜诺斯艾利斯。可我连那座神山也没翻过。

“等上了学，有你好看！”

父亲痛苦地说起他老师纠正他发 j 这个音，就好像一把扯掉他的扁桃体，不准把“水（agua）”念成 ajua、把“猫（gato）”念成 jato、把“谢谢（gracias）”念成 jracias。“每天早上必念一句话：Los pájaros de Guadalajara tienen la garganta llena de trigo（瓜达拉哈拉的鸟儿，喉咙里塞满了麦粒）。把 Guadalajara 念成 Juadalagara，害我们挨了多少打！”要是父亲真想吓我，他做到了。入学前夜，我辗转反侧，蜷在床上，像死刑犯，绝望地听着客厅挂钟滴滴答答地走。东方既白，上学的日子到了。要是我跟父母说病了，真没撒谎。

恐惧像一窝耗子，百爪挠心。

我尿了。不是尿床，是在学校尿裤子了。

往事历历在目。事隔多年，我依然能感觉到热乎乎的液体流过双腿，真让人害臊。我猫在最后一排，希望没人注意到我，就这样猫到放学，好飞奔到杨树林大道。

“您，请站起来！”

冥冥之中，自有预感。我抬起眼，惊恐地发现叫的正是我。丑八怪老师拿教鞭指着我。小小的木头教鞭，对我而言，是阿卜杜·克里姆[①]手中的长矛。

“您叫什么名字？”

“小麻雀。”

孩子们哄堂大笑，笑声刺耳。

“小麻雀？”

我脑子里一片空白，连名字都不记得。往事如烟，父母变成两个模糊的影子，渐行渐远，依稀不见。我望着窗外，苦恼地寻找杨树林大道上的杨树。

---

① 阿卜杜·克里姆（1882—1963），摩洛哥著名首领，二十世纪初率柏柏尔人反抗法国和西班牙殖民统治，创建了里夫共和国。

就在那时，我尿裤子了。

孩子们看见，笑得愈发厉害。笑声像鞭子，击打着我的耳膜。

我逃走了，像长了翅膀的小疯子，拔腿就逃。我逃啊逃，像梦中那样，有捉孩子的人[①]在身后。我坚信，老师就在身后，一个劲地追我，脖子上能感觉到他和孩子们的呼吸，像一群狗在猎一只狐狸。可是，等我逃到音乐台，回头一看，发现没人在追。我孤身一人，吓破了胆，又是汗又是尿。音乐台是空的，没人留意我，可我觉得大家都在装，十几双眼睛在窗户后头盯着，窃窃私语，消息会很快传到父母那儿。腿替我做主，以前所未有的坚定迈向西那伊山。这次，我要一直走到拉科鲁尼亚，混上开往布宜诺斯艾利斯的大船。

站在西那伊山顶，看不见海，只看见一座更大的山。山上巨石林立，如铜墙铁壁的要塞塔楼。如今回想起那天的场景，我既害怕又伤心。星光下，山顶上，一人独坐，倚石为椅；山谷里，萤火虫似的灯光在四处搜寻。我的名字划破夜空，与犬吠交织。我没被吓着，我已经被吓过头了。因此，当克尔代罗健壮的身影出现在我面前时，我没哭，也没挣扎。他用外套一裹，把我抱在怀里。“别怕，

① 伊比利亚半岛民间传说中，每到晚上，有坏人拿着袋子，专门抓天黑不回家的孩子。

小麻雀，都过去了。”

那晚，我依偎在母亲身旁，睡得很香。谁也没责怪我。父亲在厨房，胳膊肘顶着橡胶围裙，闷头吸烟，扇贝壳烟缸里堆满了烟头。祖母过世时，他也是如此。

母亲似乎整夜都拉着我的手。就这样，她像拉箩筐似的，把我拉回学校。这次，我心平气和，头一回仔细端详老师：他有一张蛤蟆脸。

蛤蟆脸笑了，亲切地捏了捏我的脸蛋。“我喜欢这个名字，小麻雀。”那一捏如咖啡糖，苦中带甜。更难以置信的是，教室里一片寂静，他拉着我的手，走到他桌旁，让我坐在他座位上。他拿了本书，依然站着：

“很高兴我们又有了一位新同学，让我们鼓掌欢迎。”我以为又要尿裤子，可这次湿润的只有眼睛。“好了，现在，我们来念诗。轮到谁了？罗玛尔多？好的，罗玛尔多，到这边来。你知道的，慢一点，声音高一点。”

罗玛尔多穿短裤真滑稽，腿又黑又长，膝盖伤痕累累。

冬日里一个阴冷的……

“等等，罗玛尔多，你念的是什么？”

“是首诗，先生。”

“题目呢？”

“《童年的回忆》，作者是堂安东尼奥·马查多[①]！”

“很好，罗玛尔多，接着念。速度要慢，声音要高，注意标点符号。”

罗玛尔多是阿塔米拉人，小时候扛过成袋的松果，我认识。他像老烟枪似的清清嗓子，声音妙不可言，如同出自从蒙得维的亚淘金归来的电台播音员马诺罗·苏亚雷斯之口。

冬日里一个阴冷的
下午。学生们
在学习。玻璃窗上，
雨声单调。
这是课堂。挂图上
是逃跑的该隐
和死去的亚伯，
亚伯躺在鲜红的血迹旁……

---

① 安东尼奥·马查多（1875—1939），西班牙著名诗人，西班牙文学史上一个重要流派“九八年一代”的作家，代表作为《卡斯蒂利亚的田野》。

“很好，罗玛尔多。何为‘雨声单调’？”老师问。

“指雨下个不停，堂格里高利。”

“祈祷过没有？”妈妈问。她在熨爸爸白天做好的衣裳。晚餐在厨房锅里，芸苔叶散发着苦涩的清香。

“祈祷过，”我不太肯定，“提到了该隐和亚伯。”

“很好。”妈妈说，“真搞不懂，为什么都说新来的老师是无神论者？”

“什么叫无神论者？”

“认为上帝不存在的人。”妈妈的表情不太高兴，她使劲用熨斗压裤子褶。

“爸爸是无神论者吗？”

妈妈握着熨斗，盯着我：

“爸爸怎么会是无神论者？你怎么会问这种傻话？”

我听爸爸骂过上帝，骂过好多次。所有男人都骂过。遇上不顺心的事，他们会“呸”的一声吐口唾沫，恶毒地诅咒上帝，通常会骂两句：我操他妈的上帝！我操他妈的魔鬼！我觉得只有女人才真的信上帝。

“那魔鬼呢？真的有魔鬼吗？”

“那当然！”

蒸汽把锅盖顶得蹦来蹦去，一团团蒸汽、泡沫和蔬菜趁机往外冒。天花板上垂下的多股电线上，挂着一只灯泡，夜蝴蝶在灯泡旁飞来飞去。妈妈每次熨衣服都气鼓鼓的，熨裤线时则面孔铁板。可现在，她语气和缓，略带伤感，似乎在说无依无靠的可怜人：

“魔鬼原本也是天使，后来学坏了。”

蝴蝶一头撞在灯泡上，灯泡晃了晃，影子也晃了晃。

“今天，老师说蝴蝶也有舌头，又细又长，螺旋形，像钟表弹簧。等马德里送来仪器，他会给我们看。蝴蝶真的有舌头吗？”

“老师说有就是有。许多东西看上去是假的，其实是真的。喜欢上学了？”

“可喜欢了。不打人的，老师不打人的。”

的确，堂格里高利老师从不打人。相反，蛤蟆脸几乎总是面带微笑。要是课间有人打闹，他会称他们“两只小羊羔”，让他们握手言和，换成同桌。就这样，我认识了最好的朋友——手脚笨、心肠好的大块头多姆博。有个叫埃拉迪奥的孩子，脸蛋上有颗痣，我早就想痛痛快快地揍他一顿，就怕老师让我跟他握手，不再跟大块头多姆博同桌，才一直没下手。堂格里高利要是气得不行，就不说话。

“要是你们不闭嘴，我闭嘴。”

他走到窗前，漫不经心地望着西那伊山。长久的沉默令人沮丧，仿佛把我们遗弃在陌生的国度。突然，我意识到，老师的沉默是能想象的最严厉的惩罚。他的课引人入胜，可以从一张纸，讲到亚马孙河，讲到心脏的舒张与收缩。万物关联，皆有深意，如草、羊毛、绵羊和我所感受到的寒冷。老师走向世界地图，大家目不转睛，似乎雷克斯影院的大屏幕亮了。我们感受到印第安人第一次听马嘶和火枪时的恐惧；我们坐在迦太基汉尼拔的象背上，翻过阿尔卑斯雪山，前往罗马；我们拿着石头与棍棒在蓬特·桑帕罗①与拿破仑军队作战。战争不是唯一话题。我们在因西奥的铁匠铺里打造镰刀和犁耙；我们在普罗旺斯和比戈海边谱写情歌；我们修建光荣之门②；我们种植来自美洲的土豆；土豆瘟疫③后，我们移民去了美洲。

“土豆来自美洲。”吃饭了，妈妈把盘子放在我面前，我对她说。

“怎么会呢？这儿一直有土豆！”妈妈说。

“不对，过去吃的是栗子，玉米也来自美洲。”生平第一次，我

---

① 位于蓬特韦德拉省，具有象征意义。独立战争时期，加利西亚军队在此击败了由奈伊元帅率领的法国军队。——原注

② 光荣之门指加利西亚首府圣地亚哥·德·孔波斯特拉大教堂的正门，十二世纪由马太大师雕刻。

③ 土豆瘟疫发生在1730年到1735年间，加利西亚的主食栗子受灾，发生饥荒和瘟疫。然而，民众拒绝食用土豆，认为它是魔鬼的化身，是瘟疫的源头。

清楚地意识到，老师教过的世界大事连父母都不知道。

老师讲起虫子来，更是一绝。黄足豉虫发明了潜水艇；蚂蚁种蘑菇、养产奶和糖的蜜蜂；澳大利亚有种鸟，用植物色素提取染料、将小巢装点得五彩缤纷，它叫园丁鸟，名字我永远不会忘记。雄鸟吸引雌鸟时，会在新巢里放一株兰草。

兴致勃勃的我开始为堂格里高利采集昆虫，他视我为得意门生，周末或节假日接我去郊游。我们走过河边，越过洼地，穿过森林，爬上西那伊山。对我而言，每次郊游都有新发现，总能揣个宝贝回家：一只螳螂，一只蜻蜓，一只鹿角锹甲，还有一只不同的蝴蝶。我只记住了一个名字，那种停在泥土或粪便上、光彩照人的蝴蝶，老师叫它“彩虹”。

我们像老朋友那样一路唱歌回家。星期一，老师在学校说：“现在，让我们来看看小麻雀捉到的虫子。”

对父母而言，老师的关照是莫大的荣幸。出门郊游，妈妈总是备上双份点心。“不用了，夫人，我吃过了。”堂格里高利向来推辞，回来就改了口：“谢谢夫人，点心的味道好极了。”

“我敢说，他日子过得不好。”母亲晚上说。

“教师收入太低，”父亲说得郑重其事，“他们是共和国[①]的

① 1931 年到 1936 年间为西班牙第二共和国。

希望。”

“共和国，共和国！看共和国会有什么下场！”

父亲是共和党人，母亲不是。我是说：母亲每天去听弥撒，共和党人却与教会为敌。当着我的面，他们尽量不吵架。不过，有时吵会被我撞见。

“你凭什么反对阿萨尼亚[①]？都怪神父，说得你们头脑发热。”

“我去弥撒是为了祈祷。”妈妈说。

“你是，神父不是。”

一天，堂格里高利接我去捉蝴蝶。父亲说，如果老师不在意，他想替他量身定做一套西装。

“做西装？”

“堂格里高利，您别误会。我只会做衣服，想聊表谢意。”

老师环顾四周，迷惑不解。

“这是我的手艺。”父亲微笑着说。

“三百六十行，我行行尊重。”老师终于回答。

那套西装，堂格里高利穿了整整一年。一九三六年七月，他去市政厅，和我在杨树林大道上遇见的那天，穿的也是它。

“你好，小麻雀！瞧瞧今年我们能不能看见蝴蝶的舌头。”

---

① 马努埃尔·阿萨尼亚（1880—1940），西班牙政治家、诗人，1936 年任第二共和国总统。

出怪事了！所有人行色匆匆，却又原地不动。往前看的转过身，往右看的往左看。捡垃圾和干树叶的克尔代罗坐在音乐台附近的凳子上，以前我从没见他坐过凳子。他手搭凉棚，昂首望天。每当百鸟齐喑，克尔代罗昂首望天时，暴风雨就要来了。

传来一辆摩托车声，由国民警卫队员驾驶，后座上插着旗帜。他经过市政厅，见民众在门廊下惴惴不安地交谈，高喊道："西班牙万岁！"[①] 又发动摩托，留下另一串轰鸣。

母亲开始呼唤孩子。家里，祖母似乎再次过世，父亲的烟缸里又堆满了烟头。母亲啜泣着，做些莫名其妙的事，比如开水龙头洗干净盘子，却把脏盘子收进碗橱。

有人敲门，父母不安地看着把手。是邻居阿梅利亚，她在苏亚雷斯家干活，就是从美洲淘金归来的那个。

"知道出什么事了吗？拉科鲁尼亚的军人宣布开战，向民选政府开枪！"

"我的天啊！"妈妈在胸前画了个十字。

"咱们这儿，"阿梅利亚压低嗓门，担心隔墙有耳。"听说市长打电话给卡宾枪手上尉，上尉推说病了。"

第二天，父母不让我出门。我望着窗外，觉得行人影影绰绰，

---

① "西班牙万岁！"在西班牙语里有两种说法：左派用"¡Viva España!"，右派用"¡Arriba España!"。文中为后者，说明国民警卫队员属右派。

缩成一团，好似寒冬突至，杨树林大道上的麻雀和枯枝败叶一同被风卷走。

首都调来军队，占领了市政厅。母亲出门做弥撒，回来脸色煞白，伤心欲绝，半个钟头老了好几岁。

“拉蒙，可怕的事发生了。”我听她哭着对父亲说。父亲也老了，更糟的是，他似乎完全崩溃，瘫在椅子上，一动不动，一言不发，水米不进。

“拉蒙，把相关的东西全烧了。报纸、书，全烧了。”

那些天，家里由母亲做主。一天早上，她让父亲收拾齐整，陪她去做弥撒。回来后她对我说：“过来，蒙乔，跟我们去杨树林大道。”她给我穿上过节的衣裳，帮我系领带时，很严肃地叮嘱道：“记住，蒙乔，爸爸不是共和党人，爸爸不是市长的朋友，爸爸没说过神父坏话，最重要的是，蒙乔，爸爸没送过西装给老师。”

“他送过。”

“没有，蒙乔，他没送过。懂吗？他没送过！”

“好的，妈妈。他没送过。”

杨树林大道上人头攒动，个个盛装打扮。有些从农村来：居丧的女人、戴草帽穿背心的老农、神色惊恐的孩子，跟在几个穿蓝衬衫、腰里别着手枪的男人后头。从市政厅前的台阶到几辆卡车，两列士兵开出了一条道。车厢上蒙着帆布，大集上运牲口的那种。不过，杨树林大道上没有集市的喧嚣，只有圣周的死寂。人们互不招呼，仿佛素不相识，全都盯着市政厅大门。

一名警卫将门开了一半，环视人群，再将门大开，手一挥，囚犯们在其他警卫的押送下，从黑乎乎的楼里鱼贯而出，手脚被捆着，串成一行，默默无言。有些我叫不出名字，见倒是都见过：市长、工会分子、工人之光艺文协会的图书管理员、阳光与生命乐队的歌手查理、大块头多姆博的父亲“大力士”石匠……走在那串绳子最后的，是蛤蟆脸驼背老师。

几声命令，几句咒骂，如鞭炮般，在杨树林大道上回响。渐渐地，群众开始附和。

“叛徒！罪人！赤色分子！”

“拉蒙，你也喊！随便喊点什么，喊啊！”母亲挽着父亲的胳膊，拼命不让他瘫倒在地。“让别人看见你在喊，拉蒙，要让别人看见！”

于是，我先听父亲气若游丝地喊了声“叛徒！”之后一声比一声高：“罪人！赤色分子！”他甩开母亲，靠近那列士兵，愤怒地看着老师：“凶手！无政府主义者！吃孩子的混蛋！”

母亲想阻止他，悄悄地扯了扯他的上衣。可是，父亲已经歇斯底里：“王八蛋！婊子养的！”我没听过他这么骂人，哪怕在足球场对裁判也没这么骂过。“他的母亲没有罪过，记住，蒙乔！”父亲发疯似的转过头来，眼里充满了血和泪。他的眼神在催促我：“你也喊，小蒙乔，你也喊！”

装犯人的卡车开动了，我和孩子们扔着石头，追着车跑。我绝望地寻找老师的脸，好骂他“叛徒”“罪人”。卡车绝尘而去，我站在杨树林大道的中央，握紧拳头，只能咬牙切齿地低声说：“蛤蟆！园丁鸟！彩虹！”

雾中的萨克斯

1

有人急着筹钱，购买去美洲的船票。他是父亲的朋友，有支萨克斯。父亲是木匠，替人做栎木轮子和胶桤木轴的马车。他边吹口哨边干活，腮帮子鼓得像知更鸟的胸脯，口哨声像笛子与小提琴的合奏，伴着木工工具沉稳的敲击声，十分悦耳。神父的侄儿是富农，父亲替他做了辆马车，把挣来的工钱借给了那位想去美洲的朋友。朋友很久以前在工会乐队吹过萨克斯，上船那天，他把萨克斯送给父亲。父亲小心翼翼地交给我，仿佛它是玻璃做的，一碰就碎。

“希望有一天，你能吹出《快乐的弗朗西斯科，我的心肝》。”

那是他心爱的斗牛曲。

那年，我十五岁，在拉科鲁尼亚海港的海关工地给泥瓦匠做小工，吃饭家伙是只水罐，工人们爱喝圣塔玛加利达泉的泉水。取水路上，我走得很慢，在卢戈广场欣赏各家店铺和快车巧克力工厂的橱窗，经过一条走廊，那里挂着三只鸟笼，里面关着彩色鸟，一位卖彩票的盲人向送奶女工大献殷勤。有时，我要在泉眼前排队，其他工地的小工也会提着水罐来取水，我们从不交谈。送水路上，我健步如飞，等工人喝完，再回头取，沿途欣赏快车巧克力工厂的橱窗和挂着三只鸟笼的走廊，盲人改向卖鱼女人大献殷勤，我也会停下来看。

跑完最后一趟，我放下水罐，提起萨克斯盒。

傍晚，我去圣安德列斯街跟堂路易斯·布拉克斯上两小时音乐课。老师是弹钢琴的，在歌舞夜总会演奏，也收几个学生贴补家用。每次一小时试唱，一小时乐器。第一次上课，他教我："这么拿，稳当点，温柔点，就当它是个姑娘。"也许言者无意，听者有心，那是我人生最重要的一课。音乐应该有心爱女人的面庞。我闭上眼，想象着她的模样，以及秀发与明眸的颜色。可萨克斯只会发出驴叫，那姑娘并不存在。白天，我提着水罐，往返于工地和圣塔玛加利达泉，痴痴地低声吟唱，只留意来来往往的女人，跟卖彩票的盲人没两样。

我跟堂路易斯学了一年多，生活突然有了转机。一天下课，我提着萨克斯盒，在坎通街法乌斯蒂诺鞋店橱窗前看鞋，就好像在看弗雷德·阿斯泰尔[①]的电影。这时，一个大块头秃顶男人走了过来，

---

① 弗雷德·阿斯泰尔（1899—1987），美国著名舞台剧演员、舞蹈家、歌手，被认为是二十世纪最佳舞者，电影史上最具影响力的舞蹈家。

脑门有门楣宽。

“孩子，提的什么？”他问得突兀。

“问我吗？”

“没错，问你！是个乐器，对吗？”

他又高又大，把脑袋伸过来，长胳膊垂着，似乎懒得拖动地球。

“是支萨克斯。”

“萨克斯！我就知道是萨克斯。会吹吗？”

我想起老师耐心的目光，不错，吹得不错。堂路易斯有时也会按捺不住，怫然不悦，似乎我失手打碎了一件玻璃珍品。

“会，当然会，”陌生人没听过我演奏，却说，“一定会。”

就这样，我加入了蓝色乐队。陌生人名叫玛西亚斯，是个打击乐手，也算是乐队头儿，周末需要萨克斯手，就找了我。父母一口答应，机会上门，还不赶紧接着！

“会吹《快乐的弗朗西斯科》吗？会吹吧？那就行。”

他给了我一个地址，让我去排练。到了那儿，我就知道无回头路可走。排练场在快车巧克力工厂一楼，蓝色乐队的广告合同美味可口。

味道好极了！

每次演出，这句话都要齐唱三四遍，工厂会付给我们每人一板巧克力。听好，我说的是一九四九年。汤、乌七八糟的菜、黑面包，日子过得淡而无味。带巧克力回家，弟弟妹妹的眼睛像神龛前的蜡烛，一下子亮了。快车巧克力，味道好极了！的确如此。

从大海的那边，

曙光洒在船尾。

蓝色乐队，

蓝色乐队！

其实，蓝色乐队没去过大海那边，在蓬费拉达演出过倒是真的。当年这么自我介绍，纯属随大流，赶时髦。美洲是个梦，对其他加利西亚乐队也是如此。传说如果能拿到合同，去蒙特维的亚和布宜诺斯艾利斯演出，保管会赚得盆满钵满，戴着宽檐帽衣锦还乡。工地上有人告诉我，要是提着水罐在那儿做小工，一天一夜才能跑完布宜诺斯艾利斯的一条大街，水罐里都能养出青蛙。许多乐队都有美洲化的名字，有个山区乐队名叫阿卡普尔科①，自我介绍是

① 阿卡普尔科，墨西哥太平洋沿岸著名海港城市。

这样的：

叮叮叮，叮叮叮……

尊敬的各位观众，请允许我们说卡斯蒂利亚语。最近一次西班牙语美洲巡回演唱会后，加利西亚语[①]全忘光了。

卖花生喽！

想乐一会儿，

买包花生吧……

还有的乐队打扮成马利亚奇[②]，墨西哥风味在加利西亚总是大受欢迎。每首歌里都有一匹马、一支左轮手枪和一个起了个花儿名字的女人。男人想舒坦，还要什么？

蓝色乐队也爱演奏科里多舞曲[③]。曲目繁多：博莱罗、昆比亚、斗牛曲、民谣、波尔卡、华尔兹、加利西亚霍达等，不一而足。他们对演出非常重视。八个人站在台上，清一色的黑裤子、蓝衬衫，领口饰白色花边，袖口饰荷叶边。

---

① 西班牙有四种官方语言，卡斯蒂利亚语和加利西亚语是其中两种。加利西亚语的使用范围在加利西亚自治区，而卡斯蒂利亚语（俗称西班牙语）的使用范围是西班牙大部和西班牙语美洲。

② 马利亚奇，墨西哥民间乐队，头戴宽檐帽，身着华丽的墨西哥服饰。

③ 科里多舞曲，墨西哥民间歌舞。

玛西亚斯星期一至星期五在邮局工作，估计他贴邮票盖邮戳也像在敲架子鼓。乐队主唱名叫胡安·玛利亚，是个俊朗帅气的理发师，迷倒了无数女孩子。

“胡安·玛利亚，能陪我跳个舞吗？”

“小美人，滚一边去！”

还有低音提琴手科乌托，平时在铸造厂工作。他胃不好，医生说只能吃糊糊。于是，他吃了整整七年的牛奶玉米糊。狂欢节的一天，他回家跟老婆说：“给我来锅乱炖：猪肘子、熏肠，全都放上。我不吃死，也会饿死。”吃完浑身舒坦。

手风琴手拉米罗是个修收音机的，听力超群。他去排练场演奏新曲，总说是“从电波上捉来的”。回回都这么说，是我从电波上捉来的，还用手比画，好像捉来了一大把蝴蝶。他会拉手风琴，还会用鼻子吹竹笛。鼻奏华尔兹作为保留曲目，相当于杂耍艺人的智慧驴，令人叹为观止。我喜欢他从电波上捉来的一首神秘歌曲，开头我记得很清楚。

玫瑰色的拂晓曙光

小提琴的甜蜜音符

诗一般的为爱失眠

还有小号手科麦萨尼亚、长号手帕克和我的同伴、次中音萨克斯手堂胡安。堂胡安是位风度翩翩的老者，介绍时，他摸了摸我的头，像在赐予我祝福。

我向他表示感谢。首场秀即将上演，听玛西亚斯说，地点在圣塔玛尔塔·德·隆巴斯。

“没错，孩子，”胡安·玛利亚证实，“是在圣塔玛尔塔·德·隆巴斯，去了就不想回来的地方！”

2

星期天一大早，我们乘火车去卢戈。我说不上紧张，只是云里雾里，像没睡醒似的，火车是张会飞的床。大家都当我是大人，是搭档；可我感觉，一到晚上，我就缩了，从头到脚往里缩，全身缩，连声音都变小，而外部世界在变大。玛西亚斯的手像锄头，又大又沉；再看我的手，就像妹妹的手，只能握玉米穗。天啊！这样怎么能吹萨克斯？全怪那件借来的衣裳，穿着嫌大，裹得我像只蜗牛。

我们在阿朗加车站下车。那是个阳光明媚的夏日，圣塔玛尔塔·德·隆巴斯节日筹备委员会的代表前来接车。他自报家门，说叫博阿，大胡子，壮身板，目光难测。他牵来两头骡子，驮乐器和演出衣箱。其中一头被架子鼓声吓住，直尥蹶子。博阿威胁地在它眼前晃了晃拳头：

“卡罗丽娜，看我不把你脑袋揍开花！你懂的，我说到做到！”

大家都去看博阿的拳头，一只毛茸茸的大锤子在空中挥舞。骡子终于乖乖地低下了头。

我们踏上一条樱桃飘香、百鸟争鸣、凉爽宜人的小道，接着转入一条尘土飞扬的山道，山上长满了欧石南和荆豆。脑袋与烈日之间，除了猛禽别无他物。伙伴们的欢声笑语渐渐转化为怨声载道，暗暗骂娘，尤其当沾满灰尘的漆皮鞋绊上石头时。健壮的博阿戴着帽子打头阵，后面跟着一群人和牲口。

第一个扔石头的是胡安·玛利亚。

“瞧见没有？是蜥蜴，大个蜥蜴！”

不一会儿，所有人都开始往围墙、岩石、电线杆上扔石头，仿佛周围有几百只蜥蜴。博阿在前面马不停蹄地走，时不时转个头。我们一个个大汗淋漓，他笑我们：“就快到了。”

“真他妈的！”

牛虻乱咬，骂声震天。炎炎烈日，蓝色乐队的成员甩着领带，像畜生摆尾，驱赶蚊虫。其中一头骡子驮着的衣箱也与棺材无异。苍鹰在炽热的天空翱翔。

圣塔玛尔塔·德·隆巴斯，去了就不想回来的地方！

瞅见教堂钟楼，蓝色乐队立马恢复元气。大家纷纷系好领带，整好衣裳，梳好头发，鞋在腿肚子上使劲蹭，蹭干净，蹭亮堂。我也一一照办。

场子里的欢迎爆竹响了。

乐队来了！

这次出门让我第一次感受到名气让人虚荣，不管这名气有多小，有多不靠谱。孩子蝴蝶般在身边飞舞，女人在窗前笑靥如花，老人如挂钟里的布谷鸟，从门口探出头来。

乐队！乐队来了！

我们向观众致意，如大英雄，有起死回生的本领。我变得高大，底气十足，顿悟到：我们真的是大人物，焦点人物。我又像蜗牛缩回壳里，两股战栗，萨克斯盒重若千钧，感觉自己是个小丑。

我们在十字路口停下，玛西亚斯把铁一般的胳膊搭在我肩上。

“孩子，现在我们会被分到不同的住处。你别拘束，饿了就要吃的，床要软和点，说好的待遇。”

他吩咐博阿：“好好照顾这个孩子。”

“没问题。”博阿第一次露出笑容，“他住博阿家，住我家。”

博阿家的牲口圈也在底层，厨房在石头垒成的食槽后，所以，先看见的是奶牛脑袋，奶牛吃草像在舔棉花糖。厨房铺着草，炊烟袅袅，有些呛眼，屋里氤氲混沌。桌子长得无边无际，那头坐着个姑娘，在做针线。博阿把萨克斯盒放在她身边，她也没歇手。

“丫头，来杯咖啡！”

她没看我们，起身去水池拿锅，架上三脚架，弯腰，如老妪般熟练地慢慢吹，把灶火吹旺。那时，我惊恐地发现脚边有东西在蠕动，是兔子在吃草，兔子的耳朵软得像栎树叶。我的不安，被博阿看在眼里。

“兔子粪不错，肉烤着也香。”

他自豪地向我介绍家里的牲口：六头奶牛、两头阉牛、一匹马、两只帮我们驮行李的骡子、许多头猪和X只母鸡。他就是这么说的：X只母鸡。他说，那匹马会做加减法。他问马二加二等于几，马蹄蹬了四下。

“孩子，在这儿你饿不着。喂，丫头，拿蛋糕来，还有奶酪。别告诉我你不想吃，在博阿家，没人敢说‘不’字。”

接过盘子，我才第一次仔细看了看她。她低眉顺眼，像怕见人；个头虽小，却发育良好；袖子挽着，胳膊粗壮，像洗衣妇；梳着长辫，眼睛细长。我想伸手去抓什么。我怎么了？天啊！中国姑娘，你在这儿干吗？《学生百科全书》上的中国姑娘一直印在我脑海里。课上，我痴痴地看。老师在讲以颜色命名的河流：蓝河、黄河、红河。也许，中国就在那儿，离圣塔玛尔塔·德·隆巴斯不远。

“她是哑巴，”博阿大声说，“但不聋，能听得见。来，丫头，带乐师去房间。”

我跟她上楼。她低着头，开房门时头也低着。房间没什么好看的：一把椅子、一个带十字架的床头柜、一张蒙着黄色床罩的床，还有一张印着圣心图的五金店日历。

“不错，挺好。”我饶有兴致地拍拍床。床垫很硬，塞的是玉米叶。

我转过身，她在逆光处。我眨眨眼，她笑了笑。“不错，挺好。”我又说了一遍，想去找她的眼。只可惜，她在看别处。

蓝色乐队西装革履，在门廊集合，要在大弥撒上神父奉举圣体时演奏西班牙国歌。我神经紧张，感觉自己忽大忽小，上台后，窘得一身汗，像一只站在枝头、摇摇欲坠的麻雀。萨克斯太大，不行，我吹不了。正要坠落，耳边有人赶来救命，是玛西亚斯。他低声说：

“孩子，你别吹，做做样子就行。”

站在音乐台上奏开场曲时，我也滥竽充数了一把。那是饭前一小段相识舞曲。跟不上，我就不吹，随着节奏左右晃，玛西亚斯看重表演姿态。

“一定要晃得漂亮。”他总说。

蓝色乐队的成员都是些什么人呀！我心里嘀咕，担心首场演出观众会冲我们扔臭鸡蛋。都那么宽于律己！然而，没过一会儿，那些不惜赶赴天涯海角挣十四个杜罗[①]的人让我大吃一惊。“加把劲，再加把劲！”玛西亚斯给大家鼓劲。晃得真欢，大家沉浸其中。欢快的节奏并非源于乐器，而是源于几个业余乐手。

我一定要看见你，看见你，看见你，

尽管你躲了起来，避开了我的视线。

我尽量跟上节奏，至少跟他们一块儿晃。有时，灵感在心头涌动，我会不自觉地吹出声。乐队像被驴叫吓坏了的知更鸟，顿时丢了魂。

我去博阿和那个长着一双中国人的眼睛的小个子姑娘家吃饭。

当然，我饿不着。

博阿在袖管上磨刀，好比理发师在牛皮上磨刀，之后，手起刀落，把盘子里的乳猪切成两半，居然一般大小，吓我一跳。其中一半，连耳朵和眼睛，全归我，我被吓得不轻。

“谢谢，这太多了。”

“男人就是男人，不是母鸡。”博阿不容分说，仿佛人类历史，

① 杜罗是西班牙原货币单位，相当于五个比塞塔。如今，杜罗和比塞塔均被欧元替代。

就此一锤定音。

“那她呢？”我想拉个垫背的。

“谁？”惊讶不是装的。他拿着猪尾巴四处看，直到发现坐在水池窗台下的姑娘。“哦！她吃过了，跟鸟儿似的，只吃一丁点。”

他大嚼特嚼、狼吞虎咽了好一会儿，免得大家对那只乳猪的下场仍有非议。

“给你看点稀奇。”袖子果然一物多用，他用袖子抹抹嘴，突然放声大叫，“过来，丫头！”

小姑娘乖乖地走到他身边。他钳子般的手抓着她的前臂，我怕屠夫的手会让鸟儿折翅。

“转个身！”他推她转个圈，背对着我。

她穿着白衬衫和印着红色大丽花的裙子，辫子垂到屁股，辫梢上扎了个蝴蝶结。博阿开始解她的衬衫扣子，我不明就里，目瞪口呆。他手很笨，一粒粒扣子像软木塞里的水银小球，在粗糙的大手里滑来滑去。

终于，他解开衬衫，露出了她的背。

“孩子，你瞧！”博阿期待地叫道。

我被蝴蝶结和甩来甩去的长辫迷住。

“瞧这儿！”他又叫我，食指指着皮肤上一朵粉色的花。

是疤，至少有六处。

“知道是什么吗？”博阿问。

我为她害臊，胆怯掐住了我的喉咙，但愿我是只有着桉树叶般柔软的尖耳朵的兔子。

我摇摇头。

“是狼咬的！”博阿叫道，“你没听说过狼孩？从来没有？这儿就有一个，她就是个狼孩！”

形势突变，场面尴尬，打乱了故事主线。我站起身，不害臊地凑过去，仔细端详姑娘裸背上的疤痕。

“还能看见牙印。”博阿似乎在替她回忆。

“怎么回事？”我终于问。

“行了，把衣服穿上！”博阿对姑娘说，一个手势，请我坐回原位。“那时她四岁，我带她去放羊。那年冬天特别冷。不骗你，真是冷得厉害！狼饿极了，耍了我一把，他妈的耍了我一把！”

看来，姑娘的遭遇事小，博阿对狼倒是恨之入骨。

“是个阴谋。我们在森林边的草地上。一只山羊刚才还在空地，一眨眼就跑进山里。狗急着去追，我让她坐在衣服上，也跟去追。几分钟的工夫，等我回来，她就没了。该死的山羊，把我给耍的！”

只有博阿知道结果，我只好等，等他尽快揭晓谜底。

“后来的事，没人明白……唯一的解释是：狼不想杀她，她才保住了一条命。叼走她的狼不想杀她，只咬了她的背。狼可以咬她脖子，送她归天，可狼没有。老人说：狼咬她，是想让她不哭，不惊动别人。她听了狼的话，哑了，永不开口。我们在狼窝里找到了她，真是奇迹！”

“她叫什么名字？”

“谁？”

“她，您女儿。”

“她不是我女儿，”博阿十分严肃，“她是我老婆。”

3

“她会发呆，犯傻，盯着什么，死活不放。”

我脸颊发热，火烧火燎，郁郁寡欢的中国小姑娘正目不转睛地盯着我。博阿穿着花边领口衬衫，从卧室下来，准备去参加露天舞会。

“是衣服。”博阿有点不屑，冲她嚷嚷，“瞧你傻的！”

我真幸运，那双绿莹莹的眼睛像两只萤火虫，盯了我整晚。我也被它们迷住。

露天舞会在集市场上举行，栎树枝上只绕了些纸做的彩带。天黑了，舞池边只有挂在舞台两侧和饮料台上的几盏油灯。暮霭沉沉，如山雾般，给树木笼上一层薄薄的面纱。夜色越深，雾气越浓，影影绰绰，模糊不清。只见那些两两相拥、随音乐翩翩起舞、跳得最欢的人，突然在雾中出现，又即刻消失在夜幕中。

她一直在我视线里，两手抱胸，倚着树干，披着羊毛披肩，盯着我。博阿不时在雾中出现，像惴惴不安的牧人，气势汹汹、咄咄逼人地盯着她周围。可是，我不在意。

我不在意，是因为我要和她私奔。我们要骑着那匹会做算术的马，翻过圣塔玛尔塔·德·隆巴斯——去了就不想回来的地方！——的群山，一直骑到拉科鲁尼亚海港的海关，父亲会拿着两张去美洲的船票等着我们，泥瓦匠们齐声鼓掌，其中一个会拿来水罐，让我们喝一口，也让会做算术的马喝一口。

玛西亚斯贴着我耳朵，我睁开眼。

“孩子，真有你的！吹得跟黑人一样好，棒极了！”

我发现我在吹萨克斯，不在意会不会，随心所欲地吹着。手指自己做主；举世无双的风箱鼓出气流，毫无阻滞地涌出胸腔；萨克斯没有分量，比竹笛还轻。我知道有人，有许多人在雾中跳舞，在雾中相爱。我为他们吹奏。我看不见他们，我只看见她，她离我越来越近。

雾气散尽，博阿在夜里嗷叫，和我私奔的她——中国小姑娘跪在集市场上，蹄间是那件羊毛披肩。

维米尔[1]的送奶女工

显然，我永远无法报答母亲的恩情，也永远写不出能与《信》——米盖尔·托尔加[2]一九四一年九月三日创作于科因布拉——比肩的诗作：

"儿子"……
接下来你将读到的文字
纯洁、明亮，
即使我在黑夜，也能看得一清二楚。[3]

母亲是送奶女工。她推着小车，带着两只锌皮奶罐，挨家挨户

① 维米尔（1632—1675），荷兰黄金时期最伟大的画家，善于表现物体本身的光影效果，作品大多描绘宁静和谐的家庭生活，尤其喜爱绘制女性的形象和活动。

② 米盖尔·托尔加（1907—1995），原名阿多尔夫·克莱亚·达·罗恰，葡萄牙诗人、小说家、专栏作家。

③ 原文为葡萄牙语。

地送奶。奶是从马努艾尔外公家的牛身上挤出来的，外公住在圣科尔波，离城十二公里。外公年轻时，一天抓着教区牧师的钢笔说：“要是我会写字，一定写得一手好字！”他学会了写字，真的写得一手好字，那种用植物修饰的花体字。他还受人之托，修了几百封家书，给远在他乡的亲人。我在他书桌的明信片上，第一次见到自由女神像、伊瓜苏瀑布和潘帕斯草原上的高乔骑手。我们住在拉科鲁尼亚高山区，圣托马斯街的底层，低到连活动地砖里都藏着蟑螂。有时，我们会玩蟑螂，当它们是敌军。我知道什么叫害怕，不懂什么叫恐惧。我来说说是怎么感到恐惧的。母亲推着小车、带着奶罐去送奶。我和妹妹玛利亚在家玩，突然听到爆炸声，街上闹哄哄的。我俩跑到底层窗前，想看个究竟，贴着窗户，发现恐惧正向我们走来。母亲回到家，看见我和妹妹躲在厕所里抱头痛哭。恐惧是大头国王[①]。

一九六〇年我三岁，下午听囚犯在监狱院子里唱赞美诗，晚上看大力神灯塔上的光束如宇宙风车，在床头扫来扫去。灯塔的光对我而言，至关重要：父亲在大海的另一边，一个叫拉瓜伊拉[②]的地方。

---

① 西班牙城镇为了庆祝节日，街上会出现一些载歌载舞的大头娃娃，高个子代表国王和王后，矮个子代表侏儒，孩子见了会害怕。

② 拉瓜伊拉是委内瑞拉城市，瓦尔加斯州首府，位于加拉加斯以北三十公里处。

三岁那年的事我记得一清二楚，比说这个故事前、今天发生的事还记得清楚。连别人说没发生过的事我都记得，比如：教父不知从哪儿弄来一只火鸡过圣诞节。圣诞前夜，火鸡奔向大力神灯塔所在的那座山，左邻右舍穷追不舍，眼看就要抓到，火鸡不可思议地腾空而起，如野鹅般消失在海里。我见过、却没发生过的事，这是一例。

一九九二年，我第一次去阿姆斯特丹，那次盼望已久的旅行是我的朝圣之旅。我迫不及待地去看《吃土豆的人》①。画中包含着神秘的热切之情，是我见过宗教性最强的作品，圣家族②的真正体现。我克制下跪的欲望，生怕像戴墨镜、穿短裤逛教堂的古怪游客那样引人注目。卡斯蒂利亚语里的“热切”有两个词：hervor 和 fervor，加利西亚语里只有一个：fervor。土豆盆里的热切，上升到微弱的灯光下，照亮了农户的脸。一家人热切地注视着神圣的食物，大地奉献的卑微果实。我还去了阿姆斯特丹国家博物馆，见到了维米尔的《送奶女工》。

《送奶女工》创作于一六六〇年，梦幻之处在于光。专家和批评家们纷纷撰文，对光的本质提出了各种建设性看法，但结论无一

---

① 《吃土豆的人》为荷兰后印象派画家文森特·梵高创作于 1885 年的一幅油画，如今珍藏于阿姆斯特丹梵高博物馆。

② 圣家族，根据《圣经》，指何塞、玛利亚、耶稣一家。

例外，永远是问号，被称为维米尔之谜。《送奶女工》落户阿姆斯特丹国家博物馆之前，曾数易其主，一七九八年被一个叫简·雅各的人以一千五百弗罗林[①]的价格卖给一个叫 J. 斯潘的人，货单上写着："光从侧面窗户照进，奇迹般自然。"

三岁时，我见过这幅画，认识那个女人。我能解开光之谜。

还记得吗，妈妈？几百年前，在代尔夫特[②]，
你在约翰内斯·维米尔家举着奶罐倒奶，
就是那个画家，卡塔莉娜·博尔内斯的丈夫，
卡塔丽娜是玛丽亚·廷斯夫人的女儿，
自大的廷斯夫人有个傻儿子，
如果我没记错的话，叫威廉，
是他玷污了可怜的玛丽·赫里茨，
妈妈，就是那个给你开门，
让你进去的女仆，
你走到墙角桌旁，
从奶罐里倒出蝴蝶般的光影

---

① 弗罗林是荷兰使用欧元前的货币。

② 代尔夫特是荷兰城市，地处海牙和鹿特丹之间，拥有荷兰高等学府代尔夫特理工大学和研究机构荷兰应用科学研究所，被称为知识之城。

源于在代尔夫特阴郁的绿草上放牧的奶牛。
就是我在阿姆斯特丹国家博物馆里梦见的那个，
约翰内斯·维米尔用牛奶
画墙、画黄铜水罐、画篮子、画面包、
画你的胳膊，
尽管在创作的画面里
光源是窗。
维米尔之光，几百年的谜，
上帝之手晃动的难以形容的明亮
是蝙蝠出没时，
你在昏暗的牛圈里挤出的奶。

我把诗拿给母亲看，她眼睛眨都没眨。我心里没底，说的是光，也许太晦涩。我去书架，拿了本约翰·迈克尔·蒙蒂亚斯[①]有关维米尔的书，里面有《送奶女工》的照片。这下，她受到震动，不声不响地看了好久，后来把诗收好，走了。

若干天后，母亲又来到我们家，和平常一样，带来了自家鸡生的蛋，自家菜园里种的土豆、洋葱和莴苣。她总说："去哪儿，都

① 约翰·迈克尔·蒙蒂亚斯（1928—2005），美国经济学家兼艺术史学家。

带上点。”临走又说：“我还给你带了样东西。”她打开包，拿出一张白纸，叠得像绣花手绢，里头有一张照片。母亲说，去姐妹家挨家挨户地找，刚找到的。

是她少女时的照片，拍摄于一九六〇年前，当然，远在一六六〇年后。谁拍的，她不记得了。但她记得那户人家，女主人脾气不好，儿子脑袋不好。开门的女仆貌美如花，家乡在库列雷多附近。“一天，我去那儿，开门的不是她。她被辞退了，原因我一直没弄清。”她目光里有个疑问：“你怎么会知道可怜的玛丽姑娘的遭遇？”她又说：“穷人多坎坷。”

然而，母亲丝毫没有留意，画中的女子和照片中的女子就像两滴牛奶，一模一样。

一个人在那边

他觉得没睡醒，而是从温温的椴树花茶[①]的昏睡中爬了出来。孩子他妈站在床脚，梦游般的眼神催促着他：

“天呀！他会去哪儿呢？”

“别担心，老婆。”

他们等他一直等到清晨四点，围着电话机团团转，绷紧的神经穿过走廊，密切注意门锁的动静。

“要是早打电话就好了！”她埋怨道，“没准他在里克家，或米尼家。没错，一定在米尼家。他说过，米尼的父母允许他们排练到很晚，他们住的是复式楼，当然没问题。”

“再怎么复式楼，我也不相信他们会让孩子们吵到深更半夜。小祖宗们，他们可不会唱摇篮曲！”

她两手抱胸，目光在昏暗的夜里寻找什么。

---

① 椴树花茶，有舒缓催眠作用。

“孩子他爸，我一直想跟你说这事。我觉得……咱们是不是该让孩子在家更自在点儿？”

“自在？怎么个自在？家里已经随他搞了！那天我回来，这儿，就这儿，客厅里，四个小子一边吃比萨，一边看录像。录像里，男男女女都在用电锯锯自己的胳膊大腿，什么玩意呀！他们怎么不看黄片儿？我倒情愿……”

“他们就这样，要理解。”

“理解他们？知道我说什么了吗？哟！这电影真他妈的棒！是华特·迪士尼新出的？我就这么跟他说的，强吧？”

“他听了受不了，说你太过分，老当着他朋友的面让他下不来台。”

“那你说我该怎么做？啊？揍他一顿？我就该揍他一顿，结结实实地揍一顿。”

“孩子他爸,别！”

“我说‘狗屎’那天，我爸就揍了我一顿。‘去你妈的臭狗屎！’你以为呢？那时候我不小了，我爸甩手一巴掌，差点把我扇到地上。我一辈子感激他，是他把我给扇醒了。”

“儿子可没骂过你是臭狗屎。”

“没有，这倒没有。他说过‘去死！’但没骂过我是臭狗屎。”

清晨四点，不能给里克或米尼的父母打电话，否则就像半夜三更私闯民宅。他劝她最好去睡一会儿。

“放心，不会有事的。他就快回来了，要不就睡在哪个朋友家里。去吧！该歇歇了！”

“要睡你睡，明天还要开车呢！来杯椴树花茶？”

早上七点，她顶着夜总会衣帽间管理员特有的黑眼圈站在那儿。

她无声地求他做点什么，把她一个人留在家、守着长长的走廊前，做点什么。

“还是有点早。你放心，再过半小时打电话。”

他穿衣服，刮胡子，湿湿头发（比平时更湿），往后梳，用手抹平，喝黑咖啡。脑袋里，黑咖啡和椴树花茶激战，好比飞车疾行的游客和路边步行的流浪汉狭路相逢。游客站起身，走向电话机，女人紧随其后，密切注视着他的一举一动。

“抱歉这么早给您打电话。我是米罗的父亲阿尔曼多，我想……我想请问我儿子昨晚睡在您家里了吗？”

“……”

“没有？那好，对不起。”

“……”

“没有，没什么事，我只是……”

“……”

“没错，没错，有可能在那儿。谢谢，不好意思，打扰了。”

“不在，”他说。他又拨了个号码，米尼父母家的。没人接，他又拨了一次。

“没人接，对他们来说，或许太早了点。”

他搂着妻子的肩，吻她一下。她的身子像睡衣，轻飘飘的。

“再过半小时你打。我得走了，已经晚了不少。好了好了，放宽心。来，高兴点。好了，笑一笑。喂，老婆。哎，这样我才喜欢。保持联系。”

走之前，他去儿子房间瞅了瞅。枕头上有个瓷脑袋的布艺小丑，换作其他时候，这么孩子气的玩意儿会让他哑然失笑，可今天，他一肚子不高兴。玩偶神色不安，笑容苦涩而忧伤。墙上最大最醒目的海报是那个叫史蒂芬·泰勒[①]的家伙，空中铁匠摇滚乐队的灵魂人物。史蒂芬·泰勒小声问：“怎么了，老兄？”嘴巴比米克·贾格尔[②]的还要大，头发又长又乱，袒胸露腹，项链上串着两只大尖牙，豹皮紧身裤不要脸地凸显生殖器。他想：其实，这家伙整个人都不要脸。脑子里第一次冒出疑问，那张海报是不是成心贴给他看的？他和史蒂芬·泰勒一样大。好像不是？史蒂芬·泰勒比他年纪更大。米罗说过，他无语。

---

① 史蒂芬·泰勒（1948— ），美国音乐家、作曲家，空中铁匠摇滚乐队主唱和主要作曲人。空中铁匠乐队常被称为“来自波士顿的坏男孩”和“美国最伟大的摇滚乐队”。

② 米克·贾格尔（1943— ），英国滚石乐队主唱。

他去仓库看货，装了五个大箱子上路，走了一段，灵光一闪。他向来相信直觉，再带一箱超级胸罩。原本想从那儿打电话回家，算了。要是还没有米罗的消息，他会更紧张，这一天就完了。这可不是开玩笑，他想到了竞争。要是那小子明白生活有多艰难……

他逆车流而行。进城的车道渐渐拥堵，车辆就像不耐烦的牲口。上卡瓦略高速前，他去本莰加油站加油，抽空扫了一眼专为司机提供的快餐式磁带摊，乱七八糟一大堆，封皮被太阳晒褪了色。哈维尔·索利斯[①]的墨西哥科里多舞曲、安东尼奥·莫利纳[②]、卡洛斯·加德尔[③]、黄色笑话、琼吉托斯组合[④]、安娜·贝棱[⑤]和维克多·马努埃尔[⑥]、胡里奥·伊格莱西亚斯[⑦]、孔波斯特拉乐队等等。无巧不巧，仿佛刻意安排，空中铁匠摇滚乐队的专辑也在其中。封面上有头奶牛，后腿上有个文身，一只奶头上挂着个金属圈。专辑名叫《冷静》(*Get a grip*)。

---

① 哈维尔·索利斯（1931—1966），墨西哥歌手、演员。

② 安东尼奥·莫利纳（1928—1992），西班牙弗拉门戈歌手、演员。

③ 卡洛斯·加德尔（1890—1935），阿根廷著名探戈歌手。

④ 琼吉托斯组合是西班牙弗拉门戈–伦巴音乐组合，成立于1976年，成员为萨拉萨尔家族的恩里克、胡安、何塞和马努埃尔吉卜赛兄弟。

⑤ 安娜·贝棱（1951—　），西班牙歌手、演员、导演。

⑥ 维克多·马努埃尔（1947—　），西班牙歌手，安娜·贝棱的丈夫。

⑦ 胡里奥·伊格莱西亚斯（1943—　），西班牙著名情歌王子，拉丁音乐界唱片销量最高的歌手，是西班牙当红歌星安立奎·伊格莱西亚斯（1975—　）之父。

“这盘我也买了。”他指着那盘磁带。

今天他要沿着海岸跑，起码得跑到里韦拉。他要算好时间，每个店停留多久。在卡瓦略，他把车停在露茜内衣店门前，老板娘在一堆衣服里挑挑拣拣，他向她问好，她迟迟不搭理。耐心点，他想，老太太刚睁眼，再说，她原本脾气就不好。

“夫人，您气色真好。”

“这个点儿，别来给我灌迷魂汤。”

“老天不负起早人。”

“老天？太糟了，实在糟透了！”

“过了二月，就瞧现在的了！”

“我不要，什么也不要。”她果断地挥挥手，想赶他走。

“您知道的，我不诓您，我诓过您没有？我说什么好卖，就一定好卖，难道不是？”

“没错，大冬天的，紧身短裤也好卖。您知道吗？我这儿的短裤，都够西班牙一半的人穿了。”

“我爱看您生气的样子，就像……就像……那女演员叫什么来着？伊丽莎白·泰勒！”

“好了好了，我什么都不要。”

“给您看样东西，就一样。您能想象有比神奇胸罩质量更好、价格对半的胸罩吗？您不信吧？”

“我不信，拿来瞧瞧。”

“我不诓您。您瞧瞧！市面上最好的胸罩，无需钢圈，就能抬高乳房。您摸摸！春天来了，露茜，春天来了！”

他接着上路，去马尔皮卡、彭特塞索、拉克塞、巴伊奥、比米安索、卡马里尼亚斯、穆希亚、塞埃、科尔库维翁、菲尼斯特雷。货渐渐销了出去。幸好多带了一箱超级胸罩！谢谢第六感，亲爱的，您没让我失望。早该吃点东西了，他看看表，突然感觉被狠狠扇了一巴掌，比父亲当年扇的还重。天啊！我真浑，真不是东西！他拔腿就跑，疯了似的跑向电话亭。

“孩子他妈！是你吗，孩子他妈？”

“……”

“对不起，真对不起。路上有点麻烦，真的。孩子他妈，相信我，真的有点麻烦。”

“……”

“没有，没什么，车抛锚了。孩子怎么样？米罗回来了吗？”

“……”

“还没回来？”

“……”

“那就好，既然打过电话回来，就没事了。他怎么了？出什么事儿了？”

"……"

"行，我跟他谈。我会非常严肃地跟他谈一次，你放心，我保证这种事不会再发生。好了，你去睡一会儿，休息休息。我还有好多活儿要干，回头再给你打电话。好好休息。"

走出菲尼斯特雷码头的电话亭，他今天第一次看了看海，三月的阳光给大海镀上重重的一层金属光泽。他折回电话亭，又打回去。

"孩子他妈，是我。对不起，没早点跟你打电话，我也不知道自己怎么回事。"

"……"

"会好的，你瞧着，什么都会好的。一个大大的吻，好好休息。"

下午，一群少男少女在科鲁贝多海滩玩冲浪。他羡慕地看着他们，不为自己，为儿子。他多么希望儿子也能健康快乐，当然，还能富有，也能穿着色彩艳丽的紧身衣，追波逐浪，轻盈地从浪顶滑落。哎！他想，儿子其实心肠不坏，乐器玩得也不错，挺有味道的，早晚能成人。我不也成人了嘛！

到里韦拉，一天的活儿终于告一段落，他很开心。皮肤之花内衣店买走了他最后一批超级胸罩和原始本能内裤。那个戒指比手指还多、领带比黄菖蒲还人的混账家伙，他的竞争对手明天铁定抓瞎。他突然袭击，涮了那家伙一把。先下手为强，后下手遭殃。兴奋之余，他疲惫不堪，关上行李箱，上下眼皮不停地打架。他决定去喝杯咖啡，从酒吧打个电话回家。

"喂，孩子他妈，怎么样了？"

"……"

"好，让他接电话。"

"……"

"什么？什么都别说？"

"……"

"别冲他嚷嚷？你比他更要命！妈的，那浑小子就该骂！"

"……"

"他说以后不敢了？这还差不多。"

"……"

"那是那是，他身子骨嫩！他在哪儿过的夜？"

"……"

"一个人在那边？"

两人都不说话，仿佛话筒里传来失眠者孤独的脚步声和漏雨处单调的滴答声。他斜了一眼，酒吧客人都在看体育新闻。

"什么叫'一个人在那边'？睡门廊还是怎么着？总得找个地方睡觉。"

“……”

“他没睡？”

“……”

“没有，我不难过。他在干吗？”

“……”

“饿了，是不是？”

“……”

“那就好。”

“……”

“孩子他妈，跟他说，跟他说……算了，什么也别说了。”

“……”

“在里韦拉。”

“……”

“没有，没下雨。”

“……”

“挂了，晚饭别管我，我会在冰箱里随便找点吃的。”

“……”

“晚安，孩子他妈。”

“……”

“知道了，我会慢点开的。”

发动车子前，他深呼吸。第一批霓虹灯不情愿地亮了，路灯也发出慵懒的光。“一个人在那边。”他嘟囔道。整件事，最让他不放心的就是这句。他听见米罗在隧道里走，脸白白的，像个小丑，模样让他揪心。他宁可儿子和朋友瞎玩，天亮时，坐在海滩抽大麻。

他第 N 次播放空中铁匠摇滚乐队的专辑，那是买给米罗的礼物。然后，他转过头，冲副驾驶上的史蒂芬·泰勒会心地做了个手势：

“最好你来开。”

眼皮重得要命，像无尽的行李箱门。

你们一定会非常幸福

弗莱雷医生虔诚地跪在苔藓上，默默无言，似乎乱石堆是祭坛，积水池是圣水池。挽着菲娜的手往那儿走时，他感到久违的平静，如双簧管和竖琴的合奏，让整日与时间赛跑的心脏移植专家气定神闲。不过，今天的仪式，意义远不于此。

“这里便是发源地。”他转头用英语对客人们说。

他容光焕发，满脸自豪，似乎拥有《圣经》之谜，《创世记》为他所有。草丛和闪亮云母间的沙地上，汩汩地冒出水泡，汇成几股，绕过胶桤木往山下流。那一刻，奔向阿莫里尔山谷的小溪源自于他的心。

弗莱雷医生崇拜金姆堡医生。从某种意义上讲，这次邀请是出于感恩。虽说他是在圣地亚哥·德·孔波斯特拉的一次医学研讨会上刚刚结识金姆堡医生，但多年来，他拜读过他的所有著作和报告，了解他用合成器官替代活体器官进行器官移植的先锋性实验。他的医学知识大多得益于大洋彼岸的同行，他的医学疑惑许多在电脑上获得远程解答。而提供知识和想法的人，黄昏时正在与他共对不解之谜。金姆堡医生是享誉国际的医学泰斗，见他趴在水池上，睁大眼睛观察静静冒出的水泡，如僧侣般冥思苦想，对弗莱雷医生而言，实属奇迹。

弗莱雷医生向美国医生金姆堡和夫人艾伦提议，回波士顿前，到他的阿莫里尔祖屋过周末。他俩慨然应允，让他喜出望外。他把消息告诉菲娜时，虚荣心极度膨胀，简直忘乎所以。两人商议筹备时依然兴奋，没有掩饰，仿佛是天上掉馅饼，有滋有味，理所应当公开庆祝。他想好了如何向他人显摆，开场白可以这样："正如金姆堡医生在我的阿莫里尔祖屋所言……"菲娜作为家庭主妇，头脑相对清醒，忙着张罗之余，只选择性地打了几通电话，效果无异于在《加利西亚邮报》上发布一条社会新闻。

于是，著名的金姆堡医生两指捏着威士忌，坐在了篝火前。弗莱雷医生灵巧地将柴火堆成金字塔，魔术师般郑重其事地点火。菲娜在客厅那头磕磕巴巴地蹦英语，想告诉艾伦：面前这幅画把世界描绘成狂欢节假面舞会，作者拉克谢罗[1]是本地身价最高的画家。

菲娜见艾伦看得仔细，便把灯打开。

"画很美……也很怪。"

---

① 拉克谢罗原名何塞·奥特洛·阿贝雷多（1908—1996），西班牙著名画家，加利西亚先锋派代表人物。

的确如此，菲娜心想，画上的狂欢节神秘莫测。她压根没喜欢过这幅画，怪模怪样的，让人不安，看起来不舒服。她喜欢色泽艳丽、赏心悦目的作品，如过去那种风景画：绿野、红瓦、蓝天，现实中实实在在的美。可这幅画值钱，懂行的人都这么说，还说日后待画家驾鹤西去，定会身价倍增。

外面也黑了。冬夜突然降临，窗外漆黑一片。菲娜打开灯后，丈夫不悦地从篝火旁转过身：

“别开，稍等一会儿！”

与偏居一隅的壁炉不同，篝火的魅力恰恰在于跳动的火苗和屋内的黑暗。篝火是开放式的，如 3D 电影。金姆堡医生饶有兴致地听着，微笑着表示赞同。

菲娜把灯关上，陪艾伦走到刚刚点燃、噼啪作响的篝火旁。两位医生畅谈火与人的哲学话题，菲娜想起晚餐，去了厨房。她不喜欢黑，丈夫知道。可今晚只能随他去，他像个快活的孩子，在向别人展示玩具。菲娜看了看走廊窗户，漆黑一片。她打开门，对着光，挣脱了身后黑暗的魔爪，舒了口气。厨房里，莱梅挽着袖子，忙前忙后，脸颊被蒸汽熏得通红。

“好香！”

“夫人，炖了一锅好汤。芸苔是刚从园子里摘的，还挂着霜！”

“迭戈想招待他们吃点土特产。”

"很好，没什么比土里长出来的东西更好的了。"

莱梅是个可遇而不可求的帮手。她不做作，工作勤恳，待人和善，和丈夫包揽了所有的家务活，不仅把祖屋打扫得干干净净，住起来舒舒服服，还自告奋勇地找各种活儿干。莱梅厨艺精湛；丈夫安德烈斯，又名奥克莱尔，除了打理花园和菜园，从修锁到屋顶漏雨、重新铺瓦，样样拿手，聊天也很擅长。他不是阿莫里尔人，生在山区，住过巴塞罗那，有时还会冒几句拉丁语习语，学识之渊博令人咋舌，让人惊叹。如：果树不同，果蝇各异。有苹果树果蝇、桃树果蝇、梨树果蝇……动物也是如此，绕着牛飞的是牛蝇，绕着驴飞的是驴蝇，两者截然不同。想到这儿，菲娜笑了。莱梅见女主人满意，忙得更欢。

"夫人，我还准备了蛤蜊酱。细细的洋葱末，加一丁点白胡椒粉。"

"一定鲜美无比，莱梅。"

莱梅夫妇五十上下，无儿无女，一提起此事她就伤心。

"你们要加把劲，我们就……你们还年轻，能养活孩子。我要是能生，保管生一打。"

她们现在不谈孩子，谈的是饭菜何时上桌，留给客人的印象最好。

炸了一声雷。厨房的荧光灯闪了闪，嗡嗡响，还好没灭。菲娜和莱梅互相看了看，莱梅在胸前画了个十字。

“天啊！要下大暴雨了。”

菲娜回到客厅，不管丈夫是何反应，直接打开灯。弗莱雷医生没有反对，只说：“听见了吗，菲娜？耗子在阁楼上乱跑。”并马上直译成英语。金姆堡医生表示明白：耗子乱跑相当于雷声滚滚。两人笑了。

艾伦说：小时候，她不像兄弟姐妹那样害怕打雷。父母在东海岸的北面、靠近加拿大的地方有栋度假屋。天空有时就像顽皮孩子手中的圣诞彩球，会突然炸开。夜里醒来，走到窗前，闪电就像大自然上演的精彩节目。不过，她承认，现在不这么想了。时光荏苒，对大自然日渐敬畏。

金姆堡医生看着她，开玩笑地说：“别怕，我会永远保护你，做你的避雷针。”

笑容如连环画，凝固在黑暗中。闪电“啪”的一声，狠狠地在祖屋顶上抽了一鞭，惊得人说不出话来。好半天才有人开口：“没电了。”接着，只听莱梅摸黑离开厨房，不停地祈求上帝保佑。幸好有篝火指引，她来到他们身边时，脸颊依然红扑扑的。

“太可怕了！锅在我眼前直冒火星，魔鬼来了！”

“别怕，莱梅，过来坐一会儿。”菲娜说。

“恐怕是保险丝断了，我家安德烈斯应该就在附近。”

雷声远去，大雨滂沱。雨势不可挡，拼命敲打着窗，屋顶檐沟水流直下。电还没来，翘首期盼的安德烈斯也没有消息。形势所迫，大家靠近篝火，眼里看着，心里想着，篝火似乎越来越大。突然，菲娜在沙发上轻轻一跳，惊恐地望着客厅窗外。

“啊，是安德烈斯！”莱梅语气平静。

“天啊！吓了我一跳！”菲娜承认，有点不好意思。

菲娜没说出口：有一刻，她以为那个戴着风帽、举着油灯、摇摇晃晃走来的人，是被闪电从拉克谢罗的画里赶出来的。

“感谢上帝，晚上好！”

开门后，安德烈斯开了句玩笑，向大家问好，男子气十足。他很壮实，动作沉稳，略显笨拙，把油灯举到头顶，微微颔首，循旧礼向陌生人致意。临时用布袋角扎成的风帽、浓浓的眉毛、机敏的眼神、密密的红胡子，有点北极圈猎人的味道。他脱下湿漉漉的外衣，彬彬有礼地走进客厅，恭恭敬敬地把油灯放在篝火上方的隔板上。

“是的，先生，是件老古董。瞧，应个急，多管用！老式油灯！没错，先生。”

“安德烈斯，电怎么了？”莱梅催他。

“好像有点麻烦。”

“怎么麻烦？”弗莱雷医生有些不安。

“应该是电路故障，或变压器故障。我敢肯定，保险丝没断。”

“多久能修好？”菲娜迫不及待地问。

“哎！这么大的雨……”

安德烈斯知道，大家都看着他，似乎来电与否，他说了算。他可以回答“几小时”或“两三天”，两者都行。他看了看金姆堡医生，搞笑精灵使了个坏，让他脱口而出：“电力公司的事儿，谁也说不准，恐怕要两三天。”

“啊？你说什么？”莱梅跳了起来，似乎丈夫在胡说八道，她得赶紧纠正。

“上一次时间更长。”

“好了，别胡说了。”

“我只是实话实说。这种鸟不生蛋的地方，没人惦记。”

他瞅瞅妻子，她半带恳求半带责备。

“今晚准能修好，”他笑了，玩笑结束，“等雨小一点，我去镇上看看怎么回事。”

所有人长舒一口气。

“知道吗？安德烈斯会算命，”主人突然对外国夫妇说，“带牌了吗？”

“口袋里永远有。”园丁拍了拍左胸。

“干吗不给他们算算？”能给客人安排新节目，弗莱雷医生十分满意。

"别，先生！"莱梅叫道。

"别什么？有什么不好？"主人不松口。

"没什么不好，"她只好认命，"雷声远了，我去厨房。"

"他真的会算？"金姆堡医生打趣道。

"算得可准了，"弗莱雷说，"总是一语中的。来，安德烈斯。"

园丁从衬衣口袋里掏出牌，在客厅矮几旁坐下，身边是弗莱雷医生，对面是满怀期待的两位客人：金姆堡和艾伦。菲娜没坐，倚着篝火边的烟囱柱抽烟。

"好了！"安德烈斯郑重其事地宣布开始，"这种发牌方式叫七切十字。先用左手切七次牌，再摆成十字，这样，口朝下。"

牌摆好了。安德烈斯深呼一口气，没抬头，平静地搓了搓手。只听得见火苗声，不时有火星噼里啪啦地冒出来。随后，他像教士般慢条斯理地翻开中间那张：棒花3[①]，头朝下。

算命先生想了想，不动声色地瞧了瞧弗莱雷医生，收牌。

"怎么了？"主人问。

"没怎么，换一种方法。"

"他再换一种方法。"弗莱雷医生笑着解释，客人们点点头。

这次，安德烈斯不再解释，将十二张牌围成圈，一张在中间。

---

① 文中所指的是西班牙纸牌，花色有四种，分别为剑、棒、杯、币。

他翻开中间那张：棒花 3，头朝下。

大家紧张地哈哈大笑。金姆堡医生用英语问了句什么，弗莱雷医生替他翻译。

“安德烈斯，有什么不好吗？”

“没有，没有，我再换一种方法。”

“注意看！”弗莱雷医生如置身舞台，隆重宣布，“第三次！”

安德烈斯反复洗牌。这次，他摆了九张牌，每排三张，组成一个正方形。他翻开中间那张——第二排中间那张。

棒花 3，头朝下。

笑声又起。怕了笑，心最慌。大家都看着算命先生，等他解牌。

安德烈斯转向弗莱雷医生，故作自然地低声说：“先生，最好改天再算。”

“为什么不翻其他牌？”

“这张是大凶。相信我，别算了。”

弗莱雷医生看着金姆堡夫妇，笑了。

“他说：你们一定会非常幸福。怎么算，都一样。”

金姆堡医生握着艾伦的手，请主人向算命先生表示感谢。

“好了，我去看看电能不能修好，”安德烈斯站起身，“好像雨没那么大了。”

菲娜送他到门口。他刚要出门，胳膊被她抓住：

“安德烈斯，牌怎么了？”

“没怎么，夫人，没怎么。”

“是凶兆？”

“夫人，是大凶。”

她很恼火。园丁渐渐走远，黑夜中身影模糊，她冲他嚷嚷：

“那我们的命是真的吗？”

“哪个命？”

“你那天说的。”

“您那个千真万确，夫人。你们一定会非常幸福，早生贵子。”

“没错，会早生贵子，而我们命中无子。”黑暗中，安德烈斯狠狠地踩着泥泞的路，小声说。

卡尔米妮娅

“这么说，你没去过萨兰东？就是，去那儿干吗？没别的，就长了一丛欧石南，风像刀子刮得人生疼。”

奥利斯·德·赛萨摩只在星期天上午光顾酒吧，他习惯在敲十一点弥撒时进门，笨重的鞋率先在锯末地板上留下深深的脚印，像印在纸上的橡皮图章。他总要一杯甜雪利酒，我倒在高脚杯里，他用山猫似的眼睛望着我，举杯，然后去落地窗前坐下。远处的夏洛山像一头巨型卧牛。

没错，小伙子，风像硬毛刷，刮得人生疼。

一丛欧石南、四只山羊、一群秃毛鸡、一栋石头房子，外加一棵半秃的无花果树。萨兰东只有这些。

房子里住着卡尔米妮娅。

奥利斯·德·赛萨摩喝了口酒，看上去像神父闭眼去品装在圣杯里的酒。如果说他舌尖上有上帝的味道，我一点都不奇怪。他喝了一口，咂了咂舌头。

卡尔米妮娅住在那儿，从不出门。她是个谜，都说她长了胡子什么的。说实话，我没正脸瞧过。当然，我专门去那儿找过她。卡尔米妮娅！你见过年轻时的卡尔米妮娅吗？没见过。你怎么可能见过！那时，你还没出生！卡尔米妮娅是个好姑娘，哪儿都值得摸，手感好极了。

萨兰东的卡尔米妮娅！想靠近她，得夹着尾巴、硬着头皮。寒风刺骨，刮得跟刀子似的。

夏洛山顶的天空正在激战，黑压压、张牙舞爪的乌云紧追着毛茸茸、松软如棉花糖的白云不放。我站在吧台后，挽着袖子，在水池里忙活，感觉奥利斯声音嘶哑，逆着光，他的身影活像白鼬或石貂。

萨兰东那儿，原本还有一条讨厌的狗。

它叫“泰山”。

奥利斯·德·赛萨摩吐了口痰在锯末地板上，踩了踩，像抹掉罪过。

上帝啊，那条狗真坏！不是坏一天，坏两天，它就天天不干好事儿。真该让你看看它在我们身边的样子。拼命叫，几乎一刻不停。叫不是最糟，不叫更糟。你会感觉它开始恨，收紧下巴乱哼哼，然后非常恨，向你投来疯狂的眼神。

是的，它不离我们左右。

一开始，我装作若无其事，还逗它玩，谁知那混蛋越发凶狠。星期六和星期天晚上，我去萨兰东。卡尔米妮娅不能来村里参加舞会，据说是老妈生活不能自理，脑子糊涂，曾经放火烧床。应该是这个原因，因为卡尔米妮娅并不腼腆。泰山叫得凶，她很受用，牵着我的手，把我带进棚子，两只大奶子紧贴着我，任我摆布，开心地直哼哼。

萨兰东的卡尔米妮娅！我为那女人昏了头。她一点就着，像一团火，脾气好得不行。卡尔米妮娅的脾气呱呱叫，值得竖大拇指。

该死的狗！我再也忍受不了，感觉它在我身后咬牙切齿。

我像孩子似的被吓破了胆，那混蛋看透了我的心思。

泰山，走开！她呵呵笑，却不赶它。泰山小乖乖，走开！狗呼哧呼哧，像鼓着毒药的风箱。卡尔米妮娅抱紧我，她在发酵，每一寸肌肤都在颤抖。我觉得，那颗心怦怦直跳，震得棚子砰砰直响，风一吹，山谷里的人都能听见。

奥利斯·德·赛萨摩把空杯子放在吧台上，递个眼神："再来一杯。"他尝一口，慢慢品，怀旧般咽下肚去。他冲我挤挤眼，说："这酒特别养人。"做弥撒的人就快来了，酒吧里会热火朝天，星期天都这样。我又把手伸到水龙头底下，去洗杯子，怕奥利斯就此打住话头。幸好窗外是山，能唤起他的记忆。

我很喜欢她。一天，我忍无可忍，对她说："喂，卡尔米妮娅，干吗不把狗拴着？”她心不在焉，没听进去。她喜欢长吁短叹。可那狗娘养的听进去了！它突然不叫了。我还以为我俩总算能安安静静地亲热一回。

想得真美！

她躺在草垛上，我骑在她身上，还没缓过神来，感觉有湿湿的东西在挠痒痒，整个身子不听使唤，一下子泄了气。这时，我才发现是它湿湿的鼻子在使劲嗅来嗅去。

我跳起来，骂了一句，抄起一根棍子，扔将过去，狗怀着怨气地跑了。最让我恼火的是，她似乎如梦方醒，也跟着跑了，还一个劲地叫唤："泰山，回来！泰山！"她很不高兴地一个人回来，我坐在柴火棍上抽烟，不知怎么又来劲了，比啥时候都来劲。我走过去，一把抱住她，想亲个够。

我发誓：就像抱了个软塌塌的面口袋，没反应。

我走了。卡尔米妮娅留在上面，静静地、傻傻地立在风中，不知是否在看我。

奥利斯·德·赛萨摩的耳朵红了，眼睛发出野生动物的绿光，脸像耙得平整的土地。我的手被冰冷的水激得通红。

奥利斯接着往下说：晚上，我又回到萨兰东，带了根赶牛的尖棍。月亮在乌云间穿行，狂风怒吼。狗在那儿，守在石砌围墙的栅栏前，先疑惑地哼了哼，又疑惑地吠了吠，吠得不响，直到我把尖棍放到它嘴边。它张大嘴，想咬；我往里插，当棍子是刺牛剑，一插到底。我能感觉棍尖撕破了它的喉咙，在软软的内脏上插出一个个窟窿。

哎呀，卡尔米妮娅！萨兰东的卡尔米妮娅！

奥利斯·德·赛萨摩往地上吐了口痰，喝掉最后一口酒，先回了回味，再咽下肚。他叹了口气，叫道："真他妈的好喝！"

他把手伸进口袋，掏出钱，放在吧台上，拍了拍我的肩。他总是在第一批听完弥撒的客人来之前离开。

小伙子，下星期天见！

锯末地板上留下了深深的脚印，一头孤独的野兽留下的脚印。

足球教练与铁娘子乐队[①]

致阿森尼奥·伊格莱西亚斯[②]和巴西里奥·洛萨达[③]

小伙子爆着粗口，气呼呼地站起来，一脚踢翻小板凳。白发男人和他说着话，双眼瞅的却是他印着铁娘子乐队图案的T恤：青面獠牙的魔鬼双手抓着高压线的两头，双眼噼里啪啦，电光闪烁，长发如雪。

“干什么？把凳子放好！”

父子俩在看球赛。对方进球，将比分扳平，拉科鲁尼亚队夺冠渺茫。母亲在厨房织花边，上下飞梭，花边机整天响，家人习以为常，不响反倒挂念。

都怪他。小伙子怀恨在心。

---

① 铁娘子乐队（Iron Maiden）是英国著名重金属乐队，与金属乐队（Metallica）、杀手乐队（Slayer）和犹大牧师（Judas Priest）并称为金属四巨头。

② 阿森尼奥·伊格莱西亚斯（1930—2023），西班牙前足球运动员，拉科鲁尼亚足球俱乐部前足球教练。

③ 巴西里奥·洛萨达（1930—　），加利西亚翻译家、文学评论家。

都怪谁？白发男人也不开心。

还能怪谁？瞧，蠢得像驴！

凭什么骂他是驴？简直胡说八道！

咱们都快赢了，快赢了，还撤前锋、上后卫。老是退防。你难道没发现？他老是退防！

他上场了吗？你说，他上没上场？不是有十一个家伙在踢吗？干吗全怪他？

就全怪他！为什么不换下克劳迪奥？啊？为什么不换下？咱们都快赢了，他还换下萨利纳斯。这下好，全玩完！

你不是老说萨利纳斯是个累赘吗？

可他干吗撤前锋、上后卫？

别人也在踢。看见没有？对手也在踢。过去，咱们输惨了。还记得吗？输得暗无天日。如今都第二了，你他妈的还想怎么样？

别啰里啰唆一大堆！你跟他没两样。小伙子的手指在空中画了道弧线。这说说，那说说，要小心，要谨慎。足球就是这样，复杂得很！说来说去就这套。

你们会感激他的。记住我说的话，早晚会感激他！

评论员说比赛即将结束。主裁看了看表。镜头切换到主场替补席，对准教练那张苦脸。白发男人感觉很奇怪，像是在照镜子。他把头埋在手里，教练也把头埋在手里。

老兄，下课啦，回家养老去吧！

白发男人看着小伙子，好似背后被捅了一刀。母亲停下手中的活，好似录音带被按了暂停键。

干吗这么说？

小伙子明知自己在走钢丝，却顾不了许多，大脑不听指挥，只想逞一时口舌之快。

我说他老了，该下课了。

父子俩吵了整个赛季，一直没动气，现在总算有了结果。白发男人一声不吭，盯着电视机屏幕。镜头在找主裁，他把哨子放在嘴边，连吹三下，吹响了终场的哨音。

好了，全完了！我操你妈！

家里不准这么说话！母亲呵斥道。她疲倦的双眼从密密麻麻的针插上移开，感觉在透着一层花纹隔栅看世界。

我他妈爱怎么说，就怎么说！小伙子摔门就走，门一开一合，如黑夜在眨眼。

如今，小伙子开船，父亲观察海面。刮贝人[①]挂在死亡海岸克尔梅的隆库多悬崖上。潮水很快退尽，从这刻到满潮，分分钟都珍贵。在这段时间里，佛拉海边令人生畏的困苦海滩可以落脚，只有

---

① 死亡海岸边裸露的悬崖是刮贝人的领地，大西洋的海浪将茗荷尔贝冲向悬崖，碎成一束束紫色的花，刮贝人冒着生命危险爬上去刮。

刮贝行家才敢去那儿。他们能看懂浪花拍打礁石的方式，像鸬鹚或海鸥，能把握大海捉摸不定的节奏。

海有千只眼。

每次靠近困苦海滩，小伙子就想起这句话。从他第一次出海起，父亲就郑重其事地一遍遍重复，好像那是海洋求生密钥。另一句话也很关键：

海只爱勇者。

可今天父亲一声不吭，不跟他言语，只敲门叫他起床，将咖啡一饮而尽，表情痛苦，似乎咖啡里加了盐。

跳上困苦海滩前，父亲还有一条死规矩：研究礁石与海鸟的飞行，至少五分钟。一开始，海面风平浪静时，他觉得多此一举。见识过巨浪后，他也学会了遵守。那天，海面十分平静。父亲从礁石上冲他大叫：开船！快走！大海突然咆哮，像大型挖掘机，直取人性命。小船里积满了水，他魂飞魄散，瑟瑟发抖，忧心忡忡地在困苦海滩上寻找父亲的身影。那儿，父亲在那儿。他站稳，屈膝，像角斗士，握着刮贝的铁皮，就像握着穿透海洋之心的矛。

父亲和大海一样，也长了千只眼。今天，父亲在发呆。他想说点什么，话在嘴边，却味同嚼蜡——我说，嗯，昨天，没有——可是，父亲突然抄起叉棍渔网，站起身来，背对着他，准备跳上岸去。他没时间说话，赶紧动手配合。船没熄火，一只桨顶着礁石，作为保护。他在等父亲吩咐：一个动作，一个眼神。可他叫出了声：小心点！

海面十分平静。小伙子有宿醉感。昨晚喝了酒，很晚才回家，希望如劣酒洗肝，黑夜能洗去昨日之事。

他把手伸进海里，用手指肚湿了湿眼，再睁开，仿佛已过去多年。海水阴暗浑浊，像劣质葡萄酒。他看看天，万里无云。四周静得出奇，让他警惕。

他寻找父亲，父亲不可思议地背对着海。他用手握成喇叭大叫，使出吃奶的力气叫，好似末日降临。他注视着父亲的一举一动，将驾船的事忘到九霄云外，只听见远处的连杆发出声响。于是，他最后叫了一声父亲，见他终于转过身，站稳，屈膝，握着刮贝的铁皮，面对着海。

浪从一侧打来，像台球棍，将船打向困苦海滩。小伙子回想起来，没有痛楚。他跑啊跑，在边线旁挥舞手臂，像铁娘子乐队的魔鬼那样兴奋，一个个晃过对方球员，在伤停补时阶段打入第三粒进球。现在是慢镜头：他沿着边线跑，长发飘飘，拉科鲁尼亚队的球迷扬起蓝白色队旗。他张开双臂，沿着边线，跑去拥抱白发教练。

哈瓦那的大型天主教墓园

我也有过一个叔叔在美洲，希望他还在那儿，用锌皮桶浇灌加利西亚墓园的玫瑰花。

叔叔叫阿玛罗，死前至少死过八回，堪称死亡专家，次次死得都很体面。重返人间时，散发着拉托哈香皂的芬芳，头发梳得像马略乐队的手风琴手，衣着如威尔士亲王般簇新，带回让人咋舌的经历。一次，他仔仔细细地描绘了天国盛宴。据他说，有许多芸苔炖猪肘。

“有猪头吗？”父亲别有用心地问。

“那当然，老兄！每桌一只，鼻孔里插着两小束欧芹，挂着一串雏菊项链。”

“天气如何？”

“阳光灿烂，略有点凉。炼狱里不是。炼狱里，东北风呼啦啦地吹，没有树，只有欧石南。”

死而不绝的能力来自说不清道不明的蓝血牛仔体质。阿玛罗过节时当众表演过：两根手指头轻轻一捏，鼻子就像结霜玻璃似的破了，流下两条很蓝很蓝的鼻涕，如薄荷茴芹糖，又被他吸溜回去。

但我以为，他是在哈瓦那的大型天主教墓园学会死亡的。

“当有人把扫帚和锌皮桶塞到我手里时，我似乎还在大西洋上漂流，”他是这样描述第一次从内博阿村到加勒比海的，“那时我很年轻，连刮胡刀都没见过。父母把我托付给老乡明格斯·奥佩戈。我跟着他，提着棕毛扫帚和那只锃亮的水桶，走进美洲最大的墓园——克里斯托弗·哥伦布墓园。甭管你信不信，我一个月都没出来。奥佩戈爱喝甘蔗酒，在加利西亚墓园的墓穴里藏了孔酒窖。‘瞧这个死人！’他对我说，‘嘿嘿！’他再三叮嘱：‘孩子，千万别碰！’他自作主张，在活人住的地方替我找了间房；可我白天在墓园工作，晚上就睡在墓园茅屋，周围尽是花圈和大理石十字架。在那儿，我学会听见旁人听不见的声响和音乐。”

我蜷在阿玛罗的怀里，我的恐惧让他兴奋。

“在哈瓦那墓园度过的那些夜晚啊！有印第安人、黑人和加利西亚人！有鼓声，也有风笛声！大家在炎热的夜里跳舞，奥佩戈枕着玫瑰和康乃馨花圈酣睡。我们养了只猫，一到晚上个头就变大，像美洲豹猫或美洲豹，吃野兔大小的硕鼠。嘿嘿！哈瓦那，我的哈瓦那！在哈瓦那，什么都美！在哈瓦那，当掘墓人也是件美差！”

父母在拉科鲁尼亚的奥桑街经营一家酒馆。街道临海，海水有时会从坐便器往外冒。酒馆里有固定的客人，酒杯都编了号，阿玛罗的是第三十六号杯子。叔叔喝酒的方式与众不同，他郑重其事地端着白瓷杯，一小口一小口地品，然后噙着泪，看着里维伊罗葡萄酒的沉淀物，像在看一块感人肺腑的刺绣。“大千世界！孩子，要是你知道大千世界有多小就好了！”

“喂！呆子，告诉我，大力神灯塔和圣地亚哥大教堂，哪个更古老？”七号杯子在吧台问。

“这些，所有……这些，关我屁事！”九号杯子放言。

> 云儿哭了，
>
> 为了逝去的爱情。
>
> 街道湿了，
>
> 因为雨下个不停。[①]

唱歌的是名水手，没有固定酒杯。他带来了一场暴风雨。暴风雨被挡在门外，像被抛弃的狗，哀嚎不止。

“闭嘴，畜生！”三号杯子说。老松木桌旁，坐着一群孤独的人，他是其中一个，眼前挂着蜘蛛网。

---

① 原文为加利西亚语。

“是说我吗？”水手绝不认输，迎难而上。

“喂，先生，”阿玛罗叔叔瞅准时机，息事宁人，“您去过哈瓦那吗？”

“哈瓦那？熟得很！”水手在吧台嚷嚷，好奇地凑过身来，“哈瓦那，天啊！多美的哈瓦那！提起它，我就心潮澎湃！”

“提起它，我就心痛不已。”阿玛罗叔叔叹了口气，“克里斯托弗·哥伦布墓园呢？您去过哈瓦那的大型天主教墓园吗？”

“没去过。当年我走的是另一条路！”

“太遗憾了！我在那儿当过园丁总管。”叔叔非常自豪。

“菊花配死人不错。”五号杯子说。

“我喜欢大丽花。”另一个说。

“一帮醉鬼！”一个孤独的人喝了一大口酒，站都站不住，叫道。

“您来这儿很久了？”水手很感兴趣。

于是，他开始讲故事。“当年我很穷，但镶着颗金牙。有人叫嚣，说古巴革命会拔掉我的金牙。金牙还在我嘴里。”他张开嘴，给水手看那颗金光闪闪的牙，水手饶有兴致地歪着头看。“等我醒过神来，哈瓦那已经没了。”叔叔用舌头舔了舔牙，说道。

“那种时候，”水手很肯定地说，“人往往随大流，没准会做傻事。”

“现在镶颗金牙，要多少钱？”十二号杯子问。

“圣诞节过节费都不够！”七号杯子回答。

“哈瓦那怎么样了？”叔叔的口气很受伤。

“斑驳……美丽。”

“我走的时候就是这样，”他又开心起来，“怀念哈瓦那，再来一杯里维伊罗葡萄酒！”

喝了几轮酒，没人付账，父亲恼火透了。阿玛罗身无分文，为哈瓦那干杯后，就会去死。他果然死了。他在生死两个世界来回穿梭，父母不胜其烦，这次不设灵堂，不洒香水，不梳头，不更衣。

“你就待在这儿！”父亲下令，“活过来再通知我们。”

我在他身边睡着了。醒来时，他浑身冰冷，貌似一去不复返。他苦笑着，半张着嘴，惦记着那颗金牙。他至今也没回来，被埋在内博阿村的墓穴。但在我心里，他去了海关，手里捧着玉米粒似的金牙，想用它换张机票，想办法回到哈瓦那的大型天主教墓园。

穿七分裤的姑娘

一个意志力薄弱，小声吹了几秒钟口哨，之后环顾四周，想找条缝，好怪罪风。另一个听出是哪首歌，随着歌声望着屋顶，上眼皮和下眼皮直打架，灯光微弱，催人入睡。

拿开绿色的月桂，
别挡住月光，
我在山上，
眼前漆黑一团。[①]

吹口哨的没张嘴。张了嘴再出声，等于不打自招。破破烂烂的盥洗室，水龙头滴滴答答，漏个不停，像大头针戳着太阳穴，说不出的痛。他想缓解一下，把不愉快藏在心里，在龙头上缠了块布，

① 原文为加利西亚语。

好让滴水声小一点。不过，那粒液体子弹早已射穿他的脑袋。

两人在抽黑色烟卷。有个捏扁了的空烟盒，像只瘪了的皮球，被扔在潮湿的更衣室角落。

两人都当过足球守门员。一起待了五天——漫长得像五年——知心话仅此而已，当然没说在哪儿踢、效力于哪支球队。这么巧？两人眉毛一扬，惊讶地望着对方。再聊下去不太合适，知道抽同一个牌子的香烟已经足够。他们是同志，有任务要完成。就这些，没别的。

他们有张地图。其余都是假的：名字、职业、出身，连指纹都被酸腐蚀过。

地图在桌上，旁边有只长柄锌锅和整晚留下的烟蒂。不能有其他物品，以免暴露行踪。最后时刻，两人理好破床上的毯子，驱散遗留的气味。

两人的确都当过足球守门员。某人在某地选中他们，这点是否关键，无从知晓。那人不管是谁，就如生活中的隐形摄像头，对他们了如指掌。他一定把他们想象成这副模样：不言不语，习惯长期孤独，永远保持警觉，哪怕球很远，还在对方半场。他们身体放松，稳扎稳打，像猫科动物，窥伺着，提防着，肌肉随时待命，关键时刻，一跃而起。

两人各自看了看表，点了点头。关了这么久，自己也变成计时器里的齿轮，历史的齿轮在五脏六腑里转动。

时间到。

收拾东西。从地图开始，所有物品用小火燃尽。撤退。

没错，是中午。

五天如漫漫长夜，阳光刺眼。蟋蟀清脆地唱着歌，如一队伏兵，候个正着，大呼小叫地杀出，吓人一跳。很快，他们毅然决然地迈开步子，沿着脑海里地图上的路线前进。那儿，左手边，两道月桂花篱笆间，是条近道，旧时的车道，如今撒满了落叶，长满了蕨类植物。他们如浅海中的潜水员，希望惊走的鸟儿如鱼儿般不出声响。

任务好似天造地设，绝非人为。蟋蟀的聒噪是我方步兵的火力掩护。构思设计水到渠成，胳膊如犁铧的农夫多年前开凿出那条林间密道，是因为有人梦见——梦里散发着有机肥的芳香——有朝一日，两名勇士会借道去当刺客，刺杀“大混蛋”。

就这样，他们避开日头和闲人，来到废弃的旧磨坊。高大的黑莓围在四周，天鹅绒手感的野生植物蹭蹭他们，表示欢迎。地图精准。磨盘是石头上凿出的两个圆，绘图人标出的窗户不偏不倚，就在墙上那个位置，窗棂上积满了灰尘和蜘蛛网。这里是最佳、也是最隐蔽的监视点。桥就在不远处，清清楚楚，亮亮堂堂，跟地图上画的一模一样。连守在两端的哨兵也像画中的小人，身板笔直，动作僵硬。

窗下的地面有层苔藓，导火线就藏在那儿。预计半小时后，“大混蛋”会携随从过桥。他们只需把握时机，点燃引信，桥就会像积木一样坍塌。

注意时间，轮流监视。休息的倚着墙，不出声，不动弹。桥上基本无人通行；时不时来辆车，因为有关卡，减速慢行；或来辆运草的拖拉机，带着天热时农田机械的慵懒劲。时间也在慢慢流逝，虫子嗡嗡叫，金雀花的荚果砰的一声炸开。地图上写着：根据惯例，最后五分钟时，哨兵会实行交通管制，请司机靠边，清出桥面。

时间还没到，来了一位骑单车的姑娘。三双眼睛盯着她转，恨不得变成车轮跟着她转。姑娘扎着长马尾，穿着泡泡袖衬衫、黑色紧身七分裤，膝盖下光着小腿。两名哨兵和磨坊监视者见她转头看了看河，不骑了，停车，单脚点地，靠着桥栏杆，撑着胳膊肘休息。

自从出现了单车姑娘的曼妙身姿，磨坊监视者就开始游离于现实。地图上没这个人，没有倚着栏杆看河的小人儿，也没有代表车轮的两个圆圈，确切位置刚好在绑着炸药的主桥墩上方。他被窈窕的单车姑娘迷住，愣了几秒，感觉不太现实，姑娘的出现和钟表的指针毫无关联。反过来说更明白：她的位置应该在河道拐弯处、桤木树荫下、三叶草和野草莓铺成的草垫上。出岔子了！他低头看见和姑娘性命攸关的导火线，胃里一阵翻腾。

同伴被惊动了，看了好几秒——秒秒都珍贵——才明白现实生活中出了差错：历史画面中莫名其妙地出现了一位姑娘。

“她在干吗？”

“没干吗，在看河。”

“那些混蛋应该赶她走。”

“向来会赶。报告上写着：桥面上从不留人。”

“瞧！交通管制了。妈的，怎么没人管她？”

还差五分钟，就能除掉“大混蛋”。组织上花了很长时间，很多年，秘密策划送他上西天的行动。“大混蛋”行踪不定，几百只眼布下天罗地网，密切监视，好不容易才在二级公路的这座桥上找到突破点。从那以后，许多人出生入死，如桌上足球的定位球员，被站在高处、纵观全局的陌生人操控，既不明就里，也无意打听，只管闷头踢球。此刻，凝聚着无数人心血的计划，成败在此一举。

如今，奋笔疾书的人也抽着黑色烟卷，望着窗外。在那个历史关头，他们不许抽烟。

八岁的女儿推开了门。

“你在干吗？”

“写故事。”

“给小孩子看的？”

“不是，给大人看的。”

“哼！你老说要写故事给小孩子看，老是不写。”

“写完这个，我就写一个给小孩子看的故事。真的。”

“你老这么说。”

奋笔疾书的人看了看表，在海鸥飞过的屋顶和晾晒平台的那边，找一座架在河上的桥。

“听好，”他对小姑娘说，“从前，有个很坏很坏的人，他统治着一个国家，把国家变成了一座监狱。有时，他还把反抗的人杀掉。他有权有势，有许多手下，大家私底下都叫他‘大混蛋’。大混蛋要乘车过一座桥，桥下埋了一个很大的炸弹。这时，发生了一件事。一个姑娘骑着单车出现在桥上，她停下来看河……”

“然后呢？”

“那些要引爆炸弹的人，不知该怎么办。”

“怎么那么傻！他们应该……”

突然，这人惊恐地看着窗外。玻璃在震动，脑子里轰的一声，海鸥被吓飞了。他咬牙切齿地诅咒。

“怎么了？”小女孩问。

“没什么，很晚了。”他看了看表，漂亮姑娘们该上床睡觉了。

康加，康加[①]

阳光刺眼，透过百叶窗，锋利如刀刃。他痛苦地看了看闹钟，不敢相信自己的眼睛。指针如匕首，交锋不断。安娜不辞而别，床空着，满是无言的责备。

他出了一身汗，黏黏的，腻腻的，是昨夜喝醉了。起晚了，他像四体不勤的农民那样良心不安，钻到莲蓬头底下，把凉水开到最大，希望水能冲走一切，包括昨夜的怀旧曲调。老友聚会，一个个傻乎乎的，咀嚼起失落天堂里倒挂金钟的叶子。

安娜在厨房桌上留了张条，地址和具体信息都在上面：梅拉的一栋别墅，生日会，孩子叫奥斯卡，九岁，有钱人家，三小时，每小时五千比塞塔，三小时一万五千比塞塔，外加两千比塞塔路费，共计一万七千比塞塔。

纸上没有温言软语，连签名也没有。又是无言的责备。

---

① 康加（conga）是古巴一种歌舞形式，源于非洲。

他从冰箱里拿出几个胡萝卜狂啃一气，打造出一只焕然一新的兔子。宿醉时，他会找埋藏在内心那个愚蠢的梦想家算账。梦想家虽然愚蠢，却屡屡得手：是他在耳朵上穿了六个环，在手背上文身；是他决定买雅马哈摩托，不买安娜想要的汽车；是他让自己永远麻烦缠身。

愚蠢的梦想家是安娜的死敌。她盯着他说："天啊！你什么时候才能长大？"

时间刚刚够。他穿上小丑服，骑上摩托，沿海岸公路往梅拉赶。奇怪！每次都是这样：开着车的成年人表情严肃，像是被小丑笑话；其他人不，后座上或公共汽车上的老人和孩子会笑着跟他招手，或用手指着他，假装开枪。

别墅大门是带视频的电子门禁。他按下按钮，盯着黑乎乎的摄像头。即便如此，里面还是问他哪位，他一本正经地回答：

"是我，小丑。"

他知道接下来会发生什么。几秒钟后，他听见孩子们的尖叫声，像海鸥宝宝们在尖声乱叫。海鸥妈妈来了，对他上下打量。金发女人，有领导才能。

"这位是奥斯卡。奥斯卡，跟小丑打个招呼！好了，过来玩吧！好好对人家，听见没有？"

小丑比格单腿跳着往前跑。

生日会上的所有人
都要玩得开心。
我做什么，
你们就做什么。

“跳！”比格喊。

所有人跳了一下。

“飞！”

奥斯卡和另一个孩子垂着手不动。那孩子金发卷卷的，像小天使。两人耳语几句，嘲笑地望着他。

“来，奥斯卡，过来！”比格说。

孩子不高兴，懒懒地走了过去。

“瞧，奥斯卡，这颗牙疼得厉害，”比格张开嘴，指着牙，“你能帮我拔下来吗？”

男孩女孩全凑过来，期待地看着他。

“比别的牙大的那颗，看见没有？”

“看见了，看见了，”奥斯卡有点紧张，“你想让我怎么拔？”

“用这个！”比格突然从口袋里掏出钳子。

“用这个？”

“来吧来吧，别怕！”

孩子把钳子塞到他嘴里前，犹豫了好半天。

“换个小朋友来拔？”比格问。

奥斯卡不乐意了，捏紧钳子，使劲一拔，人往后倒。是颗假牙。所有人哈哈大笑，小丑也搞笑地用手捂着腮帮子。

“真没劲！”奥斯卡从地上爬起来。

下一个游戏，小丑让孩子们围成圈，跟他学跳舞唱歌。

康加，康加，

漂亮的米隆加[①]。

我们想看比格

跳跳康加。

一只手，放在头上，

一只手，放在腰上，

学学小姐，

扭扭屁股。

他跳了三遍，舞姿优美。孩子们，特别是女孩子们，纷纷

① 米隆加是南美近似于探戈的流行舞曲。

鼓掌。

“好了，现在轮到奥斯卡。”

“不，我不想跳！”小寿星说。

“奥斯卡！奥斯卡！”所有孩子都在叫他。

“来吧，孩子，勇敢点！”小丑的语气有些严肃，“为什么不想跳？”

“这个游戏有点娘！”金发天使笑着说。

“就是，有些娘！”奥斯卡说。

小丑转个身，问谁想第一个跳。孩子们有些拘谨，终于，有个小姑娘举手。

“你叫什么名字？”

“安娜。”

“安娜，是吧？太棒了！来，大家一起！”

康加，康加，

漂亮的米隆加。

我们想看安娜

跳跳康加。

……

听见鼓掌声，大人们也来了，有些还跟着跳。比格斜着眼看奥斯卡，他和金发天使不屑地笑着，显然在捣鬼。

“来，奥斯卡！”他十分友好，“咱们来玩你喜欢的游戏：钻袋跑[①]！”

“真没劲！”奥斯卡嚷嚷。

“哥们，这人是天底下最无聊的小丑！”金发天使也说。

比格充耳不闻，把脚伸进袋子，按捺住心头熊熊燃烧的怒火，自顾自地跳，想学那些故事里的人物，飞过高高的柏树篱笆，结果摔倒了。大家哈哈大笑。好吧，就得这样，他想，就得摔倒，只有摔倒，别人才会开心。

“小丑！”

奥斯卡叫他，他好像开心不少。

“小丑，过来！给你看样东西，你会喜欢的。”

“来吧，孩子们！咱们跟奥斯卡走！”

“不行不行，”奥斯卡说，“只能你一个人，是个惊喜。其他人后去。”

比格感觉有些不妙。小毛孩铁定在学《小鬼当家》系列里那帮可恶的孩子。没办法，只能硬着头皮往前走，瞧瞧到底怎么回事。

---

① 钻袋跑是一种儿童游戏。将双腿套进袋子里，在腰上扎好，蹦跳着跑过终点，腿钻出袋子或中途摔倒视为犯规。

“往这儿走，往这儿走！”

奥斯卡打开一扇门，像是间铝合金玻璃暖房。

“喂，奥斯卡……”

奥斯卡突然窜出去，把门关上。比格拼命去拉门，奥斯卡坏笑着插上插销。小王八蛋，小丑低声骂道，无聊的小鬼。

“开门，奥斯卡！拜托！”

奥斯卡的鼻子贴着玻璃，金发天使站在旁边，也是一脸坏笑。

暖房密密麻麻地长着高大的热带植物，里面又湿又热，像植物桑拿室。这创意不错。他决定坐下，小屁孩总有玩厌的时候。这时，被他称为内心探测仪的第六感狂拉警报。他看看四周，没什么异样，直到发现有棵巴西木也在看他。他低声咒骂了一句。

小丑服就是工作服，他早就习惯了。可现在，他觉得十分别扭，像在热带雨林里裸奔。别慌，比格，别嚷嚷，他想。也许情况更糟。不，不是鳄鱼，应该是宽吻鳄。

宽吻鳄看起来笨，但动作奇快。攻击时疾如闪电，咬住后绝不松口，等等。

他盯着宽吻鳄，慢慢地、一点点地从椅子上站起来，大喊：

“救命啊！救命啊！”

是谁发明“救命”这个词的？太长了。有女人就叫这个名字：

救命[①]。

“救命啊！救命啊！”

他两股战栗，从来没这么怕过。孩子们全趴在玻璃窗上。太好玩了！看动画片！小王八蛋！

有领导才能的金发女人终于出现，把他带回屋里，让他喝点什么定定神。当然，他喝了杯威士忌。

“我要和你好好谈谈。”妈妈对小奥斯卡说。

真酷。未来的小犯人居然装作没听见，和金发天使一溜烟跑了，去玩杀人游戏。

“小孩子的恶作剧！”她说，“估计你都习惯了。”

“是啊，差不多天天遇上，不是宽吻鳄，就是大王蛇。”

她笑了。这女人真聪明。

她让他去洗个澡，卸妆，换身衣服。他谢谢她。今天的小丑扮得太累，真想把黏糊糊的那张脸冲进下水道。

他在屏风后洗澡，听见有人开门。真巧！奥斯卡和金发天使进来小便。他猛地一窜，插上插销，不让他们跑。

他们奇怪地看着他。这客人是谁？光着身子坏笑，想干什么？

“你们两个是很坏、很坏的小孩子。”比格故意说得慢条斯理。

---

① 西班牙语中，“救命”是socorro，带双击大舌音，既长又难发。此外，该词的确也是女性名。

他们认出他是小丑，紧张地笑了笑。他说话的口气让人有些不安。小丑脸色苍白，耳边还有残留的白色颜料，胸口毛茸茸的，像大猩猩。

“知道坏孩子有什么下场吗？不知道？”

比格不再模仿杰克·尼克尔森①在《蝙蝠侠》里饰演的小丑，学着末日审判时上帝庄重的口吻：

“坏孩子要下地狱！”

奥斯卡和金发天使害怕地笑了笑，像坏孩子坠入地狱前那样笑了笑。

---

① 杰克·尼克尔森（1937— ），美国著名演员，曾三次荣获奥斯卡金像奖，1989年在《蝙蝠侠》电影中饰演小丑，当时众多的影评与媒体称，杰克的演技让该角色难以复制。

物　品

“作为观众，说实话，他表情不太丰富，”电视机说，“他端着威士忌，坐在那边沙发上，冷冷地看着电视，似乎酒不上头，上头的只有冰块。那天晚上不同。那天晚上，他和屏幕上的人一起说话，像在配音。我觉得，他不喜欢台词，也不喜欢画面，一个劲地皱眉头，像在游园会上照哈哈镜，丑态毕露。”

电视机一反常态，沉思了好几秒。

“好吧，我承认，此看法纯属马后炮。”

躺在客厅桌上的哈姆雷特说：“他读书不多，至少这些年读书不多。不过，那天晚上，他来到书架前，我们这些书个个争先恐后，昂首挺胸。他碰了几本，最后选中了我，一口气读到第三幕第二场，夹上书签，就在‘让我变得残忍，但不失去人性’[①] 这页。”

“像水一样，一清二楚。”杯子声音沙哑。

---

① 原文为英语。

“为什么？”灯问。

“什么为什么？这就是他们要找的答案。”

“别傻了，”灯投下黑天鹅般的影子，反驳道，“‘让我变得残忍，但不失去人性！’这话说了也白说。虽然我对哈姆雷特朋友十分敬重，但文字如今无法作为呈堂证供。文字只跟作者有关，也许跟作者都关系不大。只有留给打扫卫生的阿姨的纸条是他亲笔写的：麻烦您擦一擦客厅窗户。根本不像遗言。”

“有个警察，最胖的那个，做了记录，”哈姆雷特腼腆地说，“他翻到书签那页，把它抄在了笔记本上。”

“他抄什么，我全看见了，”灯出言讥讽，“‘此时，我无法心口如一。’[①] 他抄的是这句。朋友，问题在于，你找你话，他找他话，各取所需。”

“姑娘冰雪聪明，”烟灰缸自负地说，知道多点的人就这德行，“她擦掉了所有指纹，连沾上口红的烟蒂都装在包里带走了。”

“不是她干的！”电视机怒吼。

“你怎么这么肯定？”挂钟问，“没人摆出这种脸色给我看。哈姆雷特也许会说，脸色比遗臭万年的墓志铭还难看。”

“她气坏了，仅此而已。”电视机说，然后又小声补充：“我了

---

① 原文为英语。

解她，不是她干的，她不会在现实生活中干出这种事……”

挂钟老于世故地笑了。

“我见过她在电视里开枪，为什么不会在现实生活里开枪？戏里戏外都是戏！还记得沙发上的爱情戏吗？撕碎我！吞掉我！杀了我！”

“你傻，”电视机打断它的话，“什么都不懂。”

“我是现实主义者，”挂钟不动声色，“我们知道真相，人类不知道。你说什么，他们信什么。可真相就是真相。她嫉妒了，她有理由嫉妒。她发现有别的女人来过这儿，空气中有别人的气息。他们去卧室，吵了起来。有枪。她知道床头柜里有枪。她开枪杀了他，像电影里那样。干吗自己骗自己？手枪的话，咱们全听见了。”

“你说得没错。”灯表示赞同。

“咱们什么也没看见，”电视机说，“咱们真的什么也没看见。”

“听见了，这就够了！”挂钟嚷嚷。

“你别仗势欺人！”电视机气急败坏。

窗外雨声凄切，像黑色电视剧[1]里的场景，闪烁的霓虹灯泪珠般洒落在落地窗上。挂钟居高临下。有悬念，想想再说。它慢条斯理地开了口：

---

① 这一说法源于“黑色电影”。黑色电影通常指社会犯罪题材的电影，黑色电视剧也指社会犯罪题材的电视剧。

“手枪的话，咱们全听见了：是她干的！是她干的！”

这时，黑暗鬼魅地在卧室里大声叫唤：

“手枪是小人！”

所有物品静待下文，挂钟的嘀嗒声敲打着房屋的太阳穴。

“姑娘跑过去，想拥抱他，”黑暗说，“我听见手枪在小声嘀咕：要不是我，你永远也摆脱不了这个混蛋。”

大家都等着哈姆雷特压轴，可他望着港口。一艘大太阳捕鱼区[①]的轮船汽笛长鸣，像海上公鸡报晓，向白昼神致敬。

---

① 大太阳捕鱼区（Gran Sol），位于北大西洋北纬48度至60度间，英伦三岛西侧的著名捕鱼区。

动画片

致忍者神龟，是他们教会了我孩子说：“真他妈的棒！”

“来，玛丽，这位是我们的赞助商，”桑克斯·丹克笑容可掬，“米勒·陶森德先生。”

笑得比空乘人员还假，唯有手掌上的白色不假。

“你好，亲爱的。她真迷人，丹克，和我想象中一模一样。”

早上过得很糟糕。我把面包烤煳了，还跟哈恩·柯克吵架，和他分手，只带走了车钥匙。

“丹克说你们想投资一部电视剧。”

“没错，亲爱的。”

“您喜欢动画片吗，陶森德先生？”我明知故问。

“很喜欢，亲爱的。”他反唇相讥。

“如果我没弄错的话，男主角必须整天吃香肠。”

“差不多。是个好主意吧？”

“要吃猪肉肠。”

“亲爱的，他吃世上所有的香肠，只要是猪肉做的，”他竖起两根大拇指，“其余随便！”

“稿酬相当诱人，玛丽。”桑克斯插嘴。

“那当然。”

就这样，我脑海中最恶心的人物富埃特·富埃蒂诞生了。米勒·陶森德对动画片感兴趣，绝非偶然。全新植物香肠面市后大受欢迎，跟之前推出的格林·格朗主演的动画片脱不了干系。短短几个星期，格林·格朗便成了大英雄，到处是格林·格朗海报、格林·格朗贴纸、格林·格朗徽章、格林·格朗玩偶、格林·格朗电玩，当然，还有格林·格朗香肠。动画片的赞助商是米勒·陶森德的宿敌德纳罗·曼尼。尽管电视台秘而不宣，我还是知道了，因为编剧是我的前男友哈恩·柯克。陶森德和曼尼什么都争，尤其是香肠、名画和女人，就按这个次序。一天，他俩在苏富比艺术品拍卖会上破口大骂，保安劝架才把他们拉开。陶森德身边是曼尼的前妻、印尼前模特，曼尼挽的是陶森德的前妻、牙买加前模特。

杀人不眨眼的富埃特·富埃蒂成为儿童世界的万人迷。他在尸体上撒完尿，在墙上写完“卷心菜式死亡！”后，总会吃上几十根香肠。有了他，我才终于能买到纽约智能化住宅的顶楼，全玻璃屋顶。

一天晚上，我在电脑上下象棋，可怕的暴风雨突然降临。此前我从不知何为恐惧。我跑到走廊，按下电梯，机场式无感情色彩的声音响起：

“很抱歉，女士，我有故障，无法运行。”

电梯也是智能化的。救生楼梯的声音比电梯沙哑，建议我勿用。

“尊贵的住户，电闪雷鸣时，请待在家里。”另一个声音响起，毋庸置疑的医院腔，劝人别怕、听了更怕那种。

回到家里，发现有人做了智能化决定，巨大的穹顶已经关闭，将电闪雷鸣挡在视线之外。可是，冰雹像机关枪，对着金属罩一阵狂扫，力气比我大。我在国际头号恐怖分子盖亚[①]——背信弃义的大自然，该死的地母——的无情打击下，孤独无助地置身于文明世界最城市化的城市中心。我想起了哈恩·柯克，既恨他又想他。这家伙久经风雨，做动画前，拍摄过烟草广告，撰写过儿童版《爱国指南》。好，我给他打电话。

“亲爱的，别着急，我十分钟后到。”

“这里是智能化住宅，不知道会不会让你进。”

“别担心，我知道怎么对付那玩意儿。”

有一刻，我想象着哈恩骑着闪电飞来，脸上挂着不锈钢似的

---

① 盖亚是古希腊的大地母亲女神。

微笑，降落在我面前。没过一会儿，门铃响了，我一阵狂喜。是哈恩，我的哈恩·柯克，我情不自禁地扑向他怀抱。他粗鲁地摸摸我，给我一个野性十足的吻，把我狠狠地摔在沙发上。

“臭婊子，想甩我！”

“说什么呢，哈恩？”

“你明白我在说什么。”

我没见过他这样，眼里全是恨。直觉告诉我，他没开玩笑。他在歇斯底里大发作。

“我要杀了你，玛丽。”

“亲爱的柯克，我只爱你一个。”

“现在不说这个，性感的小老鼠。”

这话说得礼貌斯文。不过，不是笑的时候。

“你知道我在说什么。你把这些全吃了，一根一根全吃掉。”

天啊！是富埃特·富埃蒂香肠，超级家庭装。

“你知道吗？他们说我是卢瑟。全怪你那个油腻腻又恶心、到处撒尿、拿卷心菜出气的杀手，他们要将格林·格朗系列撤柜。”

“听着，柯克。”

“臭婊子，没想到你会用这种方式报复。”

“听着，柯克。我恨富埃特·富埃蒂！”

“你说什么？”

“没错，你没听错。我恨这头肥猪，只要你开口，我就把他宰了。不会再有富埃特·富埃蒂系列故事。”

“你说的是真的？”

“我发誓，柯克。”

他渐渐平静下来；接着，我们在沙发上接吻；最后，我们滚到地板上。架打完了，放松，坐下。我发现，头顶上的子弹声没了。我拉开穹顶。

“喂，玛丽，真美！”他惊呼道，是星夜躺在草地上的约翰·韦恩[①]的腔调。

“托富埃特的福。”这口气，他不会反感。

他笑了。

“你是个编剧天才，玛丽。要是我由着你，你会灭了我。”

我说要去给心爱的人做份晚餐。我走进厨房，直奔冰箱，里头有一大堆格林·格朗香肠。食品储藏室里，还有好几颗剧毒胶囊。

---

① 约翰·韦恩（1907—1979），美国著名电影演员，曾获奥斯卡最佳男主角，所演绎的角色极具男子气概，个人风格鲜明，说话腔调、走路方式均与众不同。

一朵为蝙蝠盛开的白花

致卡米洛·诺盖拉[①]

老人粗鲁地摸摸孩子，揪着他的后脖颈子，像在跟猎狗亲热。他抱起孩子，让他滑进又黑又臭的桶里。

“来吧，达尼，使劲刷，刷干净！”

孩子提着一桶水和一把金雀花扫帚，在老人的催促下，先刷平整的部分，再重点刷藏污纳垢的栎木板接缝处和犄角旮旯。上回葡萄发酵的残留物，脏脏的、烂烂的，全在那儿。老人一个手势，转动了木桶。孩子好似在远古巨型动物的内脏里翻滚，那种在潮湿茂密的树林里打盹、肚子痒了会慢条斯理翻个身的动物。

“加油，达尼，把桶全刷干净！”

硬扫帚刷下污垢，清水渐渐洗出原木的清香。一开始，酸味扑鼻；下午，他去嗅各种裂缝和凹槽，不放过最后一丁点污垢。他听

① 卡米洛·诺盖拉（1936—　），西班牙经济学家，左派政治家。

见老人像祖辈那样低声絮叨：一粒老鼠屎带坏一锅粥，一丁点脏糟蹋好收成。爷爷有个小葡萄园，叫圣体葡萄园，只种了不到一百株葡萄，却是阿维亚的里维伊罗优质葡萄园。那一小块光耀门楣的福地，出产令人艳羡的葡萄酒。以酒为友，夫复何求？

“加油，达尼！把桶刷得雪白干净！”

故乡是童年。上帝给你这些天赋，给他那些天赋，有人用，有人不用。上帝给了我一把金雀花扫帚和对污垢的灵敏嗅觉。上帝知道：我鼻子尖，老远就能嗅出脏味；还会尽我所能，一洗为快。

尖鼻子如何派上用场，且听我慢慢道来。巡逻艇在阿洛萨海湾的贻贝养殖平台间穿行。突然，我鼻子一痒，罗盘似的动个不停。我示意舵手停船，但别熄火。海上风平浪静，只听见马达激起的水声。海滩是一条闪亮的花边，热闹非凡，如失去的亚特兰蒂斯。船员们仔细观察最近的贻贝养殖平台，如同踏上了如梦如幻的水上宅邸。

“行动！”

巡逻艇上的强力聚光灯将夜幕撕成两半，惊醒了一群沙鸥，愤怒的鸟儿冲我们破口大骂。大木筏上躺着懒洋洋的海藻，海里捞回的粗绳上挂着成串的贝壳，缆绳上系的不像桅杆，倒像是架设原始电线时残留的树干。目光随灯光移动。有间茅屋，木板为墙，干金雀花为顶，挂着一件塑料皮似的雨衣。灯光向平台一端移动，我的鼻子动得更欢。

“那儿，对准那儿，凡蒂尼奥！”

我跳下巡逻艇，在木筏上跳跃前行。它像只浮筒，盖子超大，类似潜艇入口。我用手掰了掰，想打开，可鼻子让我警惕。我招呼大家速带电筒和撬棍来，一撬，盖子开了。妈的！黑洞里飞出一梭子弹，我们赶紧趴下。海水就在眼前，像个幸福的疯子，水花四溅。

“该你了，凡蒂尼奥。”

凡蒂尼奥的声音响起，活像末世审判时铁面无私的守门人：

“听好了，婊子养的！下面有几千条饥不择食的鳕鱼，准备啊呜一口，咬掉新鲜尸体上的小弟弟！咬小弟弟的鳕鱼！抠眼睛的螃蟹！吸睾丸的章鱼！你们会哭爹喊娘，碎尸万段！王八羔子们，听见没有？我们会集中火力对准这个洞！听明白了吗？你们的讣告不会登报！家人每次吃罐头，都会想起你们！”

“行了，胖子。”我对凡蒂尼奥说，“警察！限一分钟之内出来！”

连等都不用等。

“怎么回事？”

盖子里冒出一个身子，小得不可思议，像个孩子。

“天啊！”凡蒂尼奥的手指离开扳机，“是个孩子！”

那人摇摇晃晃，想靠在木头上歇息，仿佛强光劈开了他的麻秆腿。孩子瘦得像根竹竿。

“是你开的枪？”

“我怕，我很怕，先……先生。”他磕磕巴巴地说。

凡蒂尼奥跳进洞里，又很快探出头来：

“底下的白粉够养活一百万只大鼻子！”

“你叫什么名字？”我问那孩子。

“塞巴斯蒂安。”

他们有时会这么安排：接货前，在浮筒里留人守卫，以防内贼。这是个最操蛋的活儿，得闷在里头好多天，能叫人发疯。可他妈的！这情形没遇见过！他还是个孩子！

“好了，塞巴斯蒂安，知道吗？我来换你。”

巡逻艇离开，我留下，待在浮筒里。我很有耐心，眼瞅着胡子长了，终于听见低低的马达声。我把枪准备好。突然，鼻子提醒我：快逃。我掀开盖子，浓烟滚滚，几乎什么也看不见。平台上被浇了柴油，在海湾里熊熊燃烧。

那是我第一次听见堂放声大笑，只闻其声不见其人，他并不在现场。堂要过我许多回，有一回就发生在我眼皮底下。那次在里斯本白象酒店，场景依然历历在目。我等啊等，等得胡子也长了，坚信一定能拍到他跟美洲过来的弟兄会面的照片。我花了好几个星期破译密码，分析通话，在无聊的对话里捕捉线索。就是这句“代白象问候圣安东尼奥”让我灵光一闪。突然，我问自己：“该死的圣安东尼奥是哪天？”可是，不知为何，他改变了行程。堂从白象酒店出来时，带了个黑白混血超级大美妞，从我桌边走过，手指在超级美臀上打拍子，就发生在我眼皮底下。不一会儿，我的车在前往波尔图的路上冲出高速公路。刹车失灵，也就稍微被动了点手脚。

野心勃勃的我想抄着金雀花扫帚直捣黄龙。这活儿既不容易，也不讨好。藏污纳垢之处往往出人意料：在铺着粗麻地毯、一尘不染的办公室，甚至在领导办公室，臭气从门缝底下溢出，在走廊上蔓延，渗透进电话线。你忍啊忍，忍到不能再忍。如污井粪水，鲍鱼之肆，臭不可闻。

“头儿，我被出卖了。这里味儿不对，味儿很不对。”

“什么意思？”

“发臭的不是我的袜子。”

“这事儿我怎么没听说过？调职吧！想听忠告吗？放松点。”

人吧，三十年河东，三十年河西，输赢都要平常心。我被调到打字机前、柜台后，好比加入了手拉手非政府组织[①]。从第一刻起，

① 手拉手非政府组织（Manos Unidas），成员全部为志愿者，隶属天主教会，目的是反饥饿、反贫困、反落后。

公众就明白：他们面对的我不是混日子的公务员，而是人民公仆。好人受苦，坏人得志。上天如此安排，也许是场考验。而我，无论身在何处，总会尽绵薄之力惩恶扬善，力挽狂澜。有些案子着实可疑，我的鼻子屡试不爽。

童年不幸，父子不和，朋友不仁，社会不公，诸如此类。

好了好了，你可以去听弥撒，行吗？别去招谁惹谁。我认识一个敲钟的小伙子，父亲是酒鬼，母亲无音信，他每个星期天早起去敲钟。你为什么不去敲钟？我还认识一个斜眼的小伙子，扑点球专家。你为什么不去扑点球？还有许多热爱自然的小伙子，登山观察生命奇迹，看知更鸟什么的。你知道吗？有夜间为蝙蝠盛开的白花。

还有，小错也会铸成大错。因此，第一条：不轻视每个案子。一直以来，我尽量恪守这条原则，在沉默的大多数里赢得了一些虚名。

下为一例。

小老太清晨四点现身警局，出租车将她送到门口。昔日的她一定风华绝代，穿着四十年前典雅奢华的大衣，拄着拐杖。即便如此，走路时脚还是会拖着地，似乎积雪满地。值夜班的人似乎都认识她。搭班的凡蒂尼奥冲我做了个经典的手势：食指在太阳穴那儿转了转[①]，便躲在堆积如山的悬案卷宗后。凡蒂尼奥人不坏，不过，

① 意思是这人脑子有病。

跟我相比，他对邪恶世界同样有善这点，更持怀疑态度，结婚养家后尤甚。我怀念我们在海湾出外勤的日子，他中气十足的嗓门威力胜过硝烟弥漫的大炮。窝在办公室里，他只是个爱打瞌睡的胖子。小老太二话不说，用拐杖敲柜台。好一双碧眼！只可惜睁得太大，眼窝深陷，光泽暗淡。

“夫人，我能为您做点什么？”我绽放出最灿烂的笑容。

她把马头拐杖放在柜台上，从口袋里掏出手绢，泪如雨下。失去的光泽重回眼眸，泪水是世上最好的眼药水。长长的手指如瘦骨嶙峋的草鹭，在泪雨中颤抖。

我不是会劝“夫人，别慌”的那种人。对慌张的人来说，警局是最好的去处。痛哭一场能让人安神，脑子更清楚一点。

“他快把我逼疯了，他会要了我的命。”她擦干眼泪，用手指梳好头发。

“夫人，究竟怎么回事？”

“警官，您看上去像个好人。”

“夫人，我就是个好人。”

“您瞧，我懂年轻人的。”

“的确如此。”

“我年轻时也很开朗，您知道吗？”她忧伤地笑了。

“我完全相信，夫人。”

“您瞧，我睡不着。我吃安眠药：安定、氯卓酸钾……全都吃过。可是，上帝啊！我感觉他会来，他会趁我不备破门而入，提着一把杀猪刀进我房间……”

“好了，夫人，不会有事的！”

“您不知道他有多可怕，他坏透了，他……他……”

“谁啊，夫人？”我真的好奇。

她的目光再次支离破碎，像被石头砸过的玻璃。她做个手势，让我凑过去，对我耳语道：

“托尼，托尼·格里夫。他想杀了我，先生！”

我用目光寻找凡蒂尼奥，他早已埋首于填字游戏。

“这么说，有人想杀您，您知道杀手是谁。”

“您不知道托尼·格里夫？别告诉我您不知道托尼·格里夫！不知道也正常，否则警察哪有事儿干！”

老太太嗓门越来越高，她怒不可遏，抄起拐杖，挥舞着威胁我。我又用目光寻找凡蒂尼奥，他从卷宗后探出头来，冲我挤了挤眼。老太太的拐杖敲得柜台咚咚响。

“您不看电视？怎么去找凶手？这儿怎么会没电视？堆这么多纸干什么？纳税人的钱，全用在纸上了？”

“托尼·格里夫，”凡蒂尼奥终于善心大发，出手相助，“是《菊花时间》里的人物。肥皂剧，又臭又长。”

“知道吗，夫人？我最痛恨不让孤身老太太睡安稳觉的罪犯。”我说得激情澎湃。

我兴致盎然，她却愕然。看凡蒂尼奥的反应，她不是头一回来警局报案，很可能前几回有人直接建议她换台。

“没人能帮您吗？您没儿女？”

“有个儿子。您知道吗？他永远很忙。”

“我觉得咱们这样：首先，对托尼·格里夫这家伙提出正式控告，需要填张表。您会说，命都快搭上了，还填什么屁表？您说得没错。可您要知道，一大堆寄生虫就靠这些表活着。办完这项手续，我就可以名正言顺地从这个鬼地方出去，陪您回家，找那个王八蛋算账。告诉我，您为什么觉得有生命危险？”

当时，我以为老太太的神志即将清醒。对付迷糊鬼，这招挺管用。你也装疯卖傻，以其人之道还治其人之身，他们就会本能地恢复理智，好比物理学中的连通管原理。突然，我沮丧地发现，这次不灵了。老太太幸福地看着我，总算遇到了一个明白事理的警官。

“您瞧，托尼·格里夫已经被我控制住了。我没疯。他只要在屏幕上，就没事。我恨他，这家伙实在恶心，电影里的反派谁都恨。没错，我骂他，用拐杖威胁他。可是，我没人说话，您懂吗？我一直爱说话。我也骂新闻里的政客，骂他们是谎话精、吸血鬼什么的。有些人我喜欢，我会送他们飞吻。可这个格里夫！我骂得有点过。这几集，他老盯着我。街道阴森，他飞奔而过，风声鹤唳，如脱缰野马。突然，他停下脚步。路灯下，脸忽明忽暗，血红的双眼死死地盯着我。”

“就算他真的盯过您，这个托尼·格里夫也接着赶路去了，不是吗？”

“您以为我是疯子，在笑话我。您以为我听不出？”

很好。她说我认为她是疯子，说得没错。不过，我不想惹她生气，我只是有点烦那个叫托尼·格里夫的坏蛋。

“夫人，您放心，我会查得水落石出。”我表现出一百二十分的正经。

“电视机坏了。”

“您说什么？”

“没错。托尼·格里夫死死地盯着我之后，屏幕上全是条纹。我换过台，没用。夜里没人陪我了。”

“碰巧那时候坏了？”

“不是碰巧。”

“夫人，什么时候发生的事？”

“一个星期前。我跟您说，那晚我睡不着，门都锁好了，街上有个黑影飘来飘去。我住三楼，亲眼看见了他……也亲耳听见了他的脚步声。第二天，电视机还是没好，我又不能扛着它去修，就在电话号码簿上找到了维修站的电话，请人上门来修。”

“您儿子呢？夫人，干吗不打电话给您儿子？麻烦来了，正用得着儿女。”

“我打过，”她低下头，伤心地说，“儿子很忙，没接电话。”

“电视机修好没有？”

老太太的眼里掠过恐惧。她被乱麻缠住了——奶奶就是这么说的，愿她安息——被脑袋里的神经系统缠住了。

“是这样的。我跟您说过，打电话到维修站。不一会儿，门铃响了，我赶紧去开。刚想开门，突然有预感，问了声：‘谁啊？’”

她看着我，不说话，让我护着她，让我猜。

“是托尼·格里夫。”我声音低沉。

“没错，”她说，“他说是维修站的。‘您不是打过电话，要修电视机吗？’是他的声音，卑鄙无耻、趾高气扬的声音。没错，就是他。他见我不开门，可生气了，拼命敲，大喊大叫：‘老不死的家伙，早死早安生！’就是他，托尼·格里夫。”

我觉得，连凡蒂尼奥都听傻了。

“他会回来的，我敢肯定，他一定会回来。下次，他会把门踹开。”

“好吧，夫人。咱们这样，我去拿大衣，送您回家，回去看一眼，怎么样？”

“您真好，我一开始就发现了。我对自己说，这是个好人。”

“是的，我是个好人。”我一边穿大衣，一边嘟囔。

老太太住在老城区，贝尔贝斯渔民区楼上。楼梯踩上去，嘎吱嘎吱响，不过爬得值。站在落地窗前，海湾的景色一览无余。晚上，月光洒在谢斯群岛上，宛如一部宽银幕电影，就算在军火商眼里，也别有一番诗情画意。恋人若想戏水逐浪直到天明，此处再理想不过。

“夫人，这儿真美，住在这儿很幸福。”我在她头顶上找电灯开关。

“过来看！”她没接我的话茬，让我看客厅。

该死的电视机就在那儿，好似高居于祭坛，旁边一大堆家什物件。卡马里尼亚斯绣花台布上，有相框、烛台、镶在石英基座上的钟、巴塞卢什的公鸡[①]、锌白铜谷仓，还有一些布尼奥艺术品：长颈

---

① 文中所指的是一件摆放在桌上的工艺品。加利西亚地区有关于巴塞卢什公鸡的传说：一个加利西亚人，从葡萄牙的巴塞卢什出发，前往圣地亚哥·德·孔波斯特拉朝圣。途中被地主诬陷，说他偷了地主家的钱，被送上绞刑架。临刑前，他要求见法官最后一面。当时，法官正在啃一只烧鸡（是公鸡）。他对法官说，如果自己是无辜的，公鸡会站起来打鸣。法官不以为然，认为他胡说八道。他被送上绞刑架后，公鸡果真站起来打鸣了，法官赶紧跑到行刑场，朝圣者得以沉冤昭雪。多年后，他完成了巴塞卢什公鸡雕塑，该雕塑至今保存在巴塞卢什考古博物馆。

大肚玻璃瓶、银香炉、胜利的耶稣像、朝圣者的贝壳等。电视机屏幕上全是条纹，持续性信号干扰。

“瞧见没有？都一个星期了。”

“好了，夫人，您去休息，好好睡一会儿。我在这儿守着。”

她不放心，害怕她睡着了，我就会走。我决定表示出点诚意。

“要是托尼·格里夫来了，有他好看。”

我打开落地窗，掏出手枪，对着谢斯群岛上空的月亮开了一枪，看它流不流血。

“咱们就这么对付托尼·格里夫。”

她像是信了，沿着过道走，走到头，去睡觉。而我不知怎么的，有些心烦。就着海湾清新的空气，我吸了支烟，在沙发上坐下，对着电视机，等它催眠。正要睡着，鼻子突然一动。味儿不浓，但来者不善。屏幕光像解剖室里的光，洒满整间屋子。我第一次注意到那些照片，一跃而起，凑过去一张张仔细看：堂和母亲、堂穿着军装、堂威严地笑、堂驾驶着豪华游轮笑得更欢、堂穿着正装捧着奖杯站在球队中央、幼时的堂第一次领圣餐。

夫人睡得不错。早餐桌上，她看我的目光有些不安。

“原谅我，天一黑，我就昏头。”

“您别在意，我懂什么叫孤独。”

我要请她帮个忙，我知道她无法拒绝，我想让她陪我去个地方。我们上了车，沿着海岸开往阿洛萨。她知道所去何处，却一言不发。我们在奥林达祖屋气派的门廊上面对堂时，她还是一言不发。

“好好照顾您母亲，她需要您。”

我知道，我再也不会送他去坐牢。但我感觉好极了，似乎用金雀花扫帚洗净了他的心肠。

Yoko的光

爸爸丢了工作，他们要去另一座城市。爸爸上次戒烟，是星期三。他拿了包 Lucky 牌香烟，扔进垃圾桶，还在上面吐了口痰。今天是星期天，他单手握方向盘，叼着烟，颤颤巍巍、急不可耐地去凑车载电子打火器。

收音机里正在播放足球评论，爸爸担心球队输赢，一个劲地调频。妈妈也担心，她有预感：烟灰色的公路上，所有车都会从对面驶来，打着双跳灯示警。她的双脚间有一盆杜鹃。后座上的男孩抱着 Yoko，闷闷不乐地看着前车窗，白天就要过去，地平线上只剩下少许慵懒的夕阳。男孩也担心，要是不快点，要是该死的城市不马上出现，他会漏掉一集《地狱王国》。

男孩喜欢小恶魔，电视剧的主人公小撒旦。他能凭记忆几笔勾张速写，绝对逼真。他抓到纸就画，用粉笔在地上画，用树枝在沙滩上画。他刚离开的那所学校组织过一次圣诞卡设计大赛。他在耶稣诞生模型的门廊上画了个小恶魔，三叉戟上顶着星星。他没得奖。不过成功与否，他看得出，他的作品是所有人议论的对象。

“不画小恶魔，能画点别的吗？”女教师问。

幸亏小恶魔，没人再叫他“羊脂球”。他画了只小恐龙，有温柔的大眼睛。

“很漂亮，我喜欢。”女教师说，“能送给我吗？”

她永远不会知道，那只在大花丛中微笑的小恐龙还是小恶魔。小恶魔本领大，能隐身和变身一点也不稀奇。确切说来，小恶魔会像舔 Camy Jet 冰淇淋、吃 Kit Kat 巧克力豆、嚼 Pop Corn Star 玉米花似的吃死魂灵。他对付敌人易如反掌。在危急关头，当寒冰公主用夺命长辫勒住他的脖子，空空骑士用闪电发射器想要令他粉身碎骨时，他从眼里射出和爸爸肋下那把老勃朗宁 0.22 英寸子弹一般大小的泪弹，调整进攻者的情绪，输入负能量，使其消沉，最后吃掉他们的灵魂。最精彩处就在这儿：无论旧主如何歹毒，如何恶心，灵魂都色香味俱全。如：寒冰公主的灵魂是杏仁鱼，空空骑士的灵魂是天鹅油炸柠檬片。和所有英雄一样，小恶魔也有钟情之地，他心中的神秘王国是灵魂甜品屋。历险过后，快乐飞逝，欲望倍增，他必须回到年迈的父亲——那个连脚也烤不暖、藏着不可告人秘密的面包师身旁。父亲知道皇家灵魂制造处在哪儿，就是不给儿子指路，怕永远失去儿子。

“赢啦！”爸爸开心地在方向盘上鼓掌。“提纳诺加队赢啦！我们正往那儿赶。”

“干吗这么晚才走？”妈妈问，“咱们总是很晚才走。”

“真的能收到所有频道？”男孩悄声问。他们回答过无数次：是的。

“明天还得去找学校。”妈妈叹了口气。

途经一座加油站，黑夜埋伏在前方。后来，男孩看见黑夜蒙着红布，腿耷拉在拖拉机后头，有节奏地晃动，像工艺钟的钟摆。男孩蜷在后座上睡着了，怀里抱着 Yoko。

凉风掠过眼皮，轻抚他粗短的小手。男孩在寂静中醒来，浑身是汗。他和衣躺在床上，身上盖着毯子，脚上盖着爸爸的短大衣。一道光梯从半开的百叶窗探进来，架在陌生的天花板上，他用目光一级级往上爬。后来，他决定起床，去窗边看看。他认出路灯旁停着自家的车，发动机罩上有刮痕。旁边的篱笆上，挂着一幅硕大无比的广告：戴着矿工帽的男子喝得醉醺醺，上面的字体很大，写着：“来瓶 Paddy，要什么我都给！”是爸爸爱喝的啤酒品牌。男孩打开门，在走廊上摸黑前行，眼睛逐渐适应黑暗。开了灯，他发现自己在空荡荡、冷冰冰的厨房。冰箱门开着，里面空空如也。冰箱的灵魂仿佛在屋里游荡，将气息留在冰冷的瓷砖和铝制品上。有生命的只有桌上那盆杜鹃，既绚烂又迷惑。

他打开另一扇门，是厕所。里面一览无余，在夜里透着绝望。

被冷落的“枢密院”里只有喑哑的水箱声，声音很小。在男孩的记忆中，那是一首老歌，串起所有的家和所有熟悉的城市。似乎夜间有一根长长的地下管，喑哑的水声从这个区流到那个区，他们走到哪儿，就跟到哪儿。听着汩汩的水声，他想小便，掀开马桶盖，发现水里漂着爸爸的烟头和散落的烟丝。老毛病又犯了，藏也没用，下水道会揭露真相。

后来，他找到爸爸妈妈的卧室，站在门口，没有开灯。他看见他们躺在床上，呼吸频率一致，声音也越来越响。脚踩在瓷砖上，有点凉。冰箱的灵魂像一股紫色的风，张着满口脏兮兮的黄牙，沿着走廊渐渐逼近。他差点就逃到那张床上，爸爸妈妈总是相拥而睡，他想挤到他们中间。可是，他慢慢离开了，去看其他地方。

他扫了一眼熟悉的行李，全都堆在客厅地上，好似大型宠物，倦怠得很。老是搬家，它们也苍老不少。Yoko蜷在那儿，小狗似的挨着行李，脊背光滑，金属灰色。男孩去找插头，转动旋钮，搜索频道。几点了？手提电视机的小屏幕上，依次出现以下画面：飞车；五彩鱼住进珊瑚礁；黑白电影里，一个男人威胁另一个男人：“不希望被我抢走，你就带她走”；一封复仇讨债信，背景音乐为风笛。男孩想：小恶魔恐怕跟父亲在一起，躺在他怀里睡着了。小恶魔的父亲如夜蛾般看着焰心，脚怎么也不暖和，乡愁浓得怎么也化不开。

男孩和 Yoko 面对面。小 Yoko 用光舔着男孩的脸，在他眼里闪闪发光。男孩发现后脖颈子上有冰箱灵魂的凉气。脚步声传来，门边出现了爸爸的身影。这次，他很高大，前所未有的高大。

“知道几点了吗？”他气不打一处来，冲他嚷嚷。

“我睡不着。”男孩好一会儿才开口。

爸爸慢慢走到他身边，俯身弯腰。男孩的眼睛还是死死盯着 Yoko。

“睡不着？”

“嗯，醒了就睡不着了。”

爸爸把手放在男孩头上，Yoko 的光在他皮肤上晃动。

“想不想来我们床上睡？”他小声问。

“想。”男孩回答。

“知道你多大了吗？”爸爸据理力争。

男孩没有回答，被屏幕上的画面吸引住了。魔鬼白发苍苍，瘦脸，胡子拉碴。他用瘦骨嶙峋、沾满尼古丁味的手指抚摸小恶魔。接着，他关掉 Yoko，抱着男孩，用长满刺的嘴巴亲了他一口。

随时间而来的智慧[①]

致路易松·佩雷伊罗

虽然枝叶芸芸，根却唯一。
穿过我青春的所有说谎的日子，
我曾摇曳，我的叶和我的花，于阳光里，
而今，我可凋谢，化入真理。

——W.B. 叶芝

秋风狂扫泰姆普雷村。欧德·M锁上荨麻花园的门，那片深绿仿佛罪恶，让他不得安宁。他只好说："行，爸爸。明天我去除草，让你的千日红抽枝发芽。当然，我看见了，奥莱利夫人该死的玫瑰开得十分娇艳。"他插上插销，如同挂上钟舌，气喘吁吁地上坡。风刮得紧，他趔趄前行。

① 《随时间而来的智慧》是下面那首小诗的标题，由叶芝创作于1916年。

凉亭山监狱换过了岗，欧德·M跟看守艾先生打了个招呼。艾先生和戈尔韦家似乎沾亲带故，一个兄弟是神父，另一个兄弟，叫比尔的，听说就关在监狱里。这都什么事儿啊！一个在里头，一个在外头，互相提供工作岗位。

他以为看守只会支吾一声，岂料艾先生仔细瞧了瞧他，用背诵古老赞美诗的口吻一本正经地说：

“虽然枝叶芸芸，根却唯一。”

他也注意到枯枝败叶随风飞舞，冬日里隐约可见的稻草人也在不安分地乱跳一气。枯叶随心所欲地在草坪间打转，飞过监狱旁教堂的庭院，如长脚蚊，在英雄墓园的墓碑间越飞越远。一九一七年被枪毙的人就埋在那儿。掉了队的枯叶如同找不着北的麻雀，四处乱飞。

“是的，先生，根却唯一。”欧德·M重复道。艾先生的高论愿与他分享，他很知足。

如今，艾先生看得更高，郑重其事地宣布：“天快黑了。”

“是的，天快黑了。”欧德·M表示同意，似乎发现黑猫的爪子已经趴上肩头。

艾先生二话不说，钻进汽车，疾驰而去。如他所虑，夜幕压在欧德·M的身上。

他加快脚步，去马诺尔街，躲进人群。街角的选择发廊里有个金发女郎，没错，先生，撩人得很，真想一头扎进去，可他吃不消理发师穆勒那张刀子嘴。他会说："知道吗？大耳朵欧德去那边了，嘿嘿。"他就是这么说卡车司机汤姆·奥格雷迪的。当时欧德·M听了也跟着笑，免得把自己牵扯进去。说起女同行，理发师穆勒真有点咄咄逼人，在顾客脖子那儿把剪刀玩得咔嚓响，像虎视眈眈的金属苍鹰。

"汤姆裤裆里的那根鸡毛掸子管什么用？谁会惦记？像我们这样的没几个了，欧德。软蛋满世界都是，欧德。女人们，所有的女人们都在等真正的男人，欧德。像你我这样，有种的，把她们按在墙上，阳刚威武，关键时刻绝不掉链子的男人。欧德，这才是女人要的。欧德，你得使把劲，让她乖乖的，服服帖帖，欲仙欲死。欧德，这才是女人要的。"

咔嚓咔嚓，要命的剪刀。

于是，他决定不自找麻烦，直接去微光酒吧。那时他发现，从离开凉亭山起，就有人像风一样跟着他。他往后一看，是条大耳朵狗，很瘦的黑白斑点狗。他停下，狗也停下，长长的耳朵——当然长——垂着，像围巾。他走几步，狗跟着走。他再停下，狗也停下。他不认识狗，狗却认识他。他唤狗过来，没叫名字，只说："过来，小狗，过来！"他摸摸狗脖子，皮肤粗糙得像抹布，僵硬得像裹尸布。他想表示亲热，恨不得踢它嘴巴一脚。他真的踢了一脚。

微光酒吧的招牌吸引了他的注意力，他扔下狗，避开车灯，过了街。

那个时间，吧台只有他一个。麦琪的衬衫很透，都能看见胸罩。他喜欢喝头杯酒的气氛，酒吧里没有人头攒动，没有烟雾缭绕，情歌如水，悦耳动听。

“刮风了，是吧，欧德？”麦琪两手抱胸，正好在他想摸的位置。

“是刮风了。”他神秘兮兮地添了一句：“虽然枝叶芸芸，根却唯一。”

麦琪看着他，像猜不透似的。有点意外！欧德·M，怎么说呢，总是躲在自己的影子里。惊人之举，总要微笑鼓励。麦琪左右一看，没人注意。她往吧台上一趴，凑过脸，坏坏地看着他，泥煤点出的文火也能在壁炉里被她烧旺。

“穿过我青春的所有说谎的日子，我曾摇曳，我的叶和我的花，于阳光里。”麦琪温言软语。

欧德·M的心火熊熊燃烧。多年的沉默寡言，如堆积的枯叶，燃成烈火。递杯啤酒，递张钞票或硬币，他和麦琪的接触仅此而已。多年来，他在吧台这边，一天天看她换发型、换领口、换指甲油。每晚付账时，他都想送她一枚戒指。

如今，微光酒吧壁钟的钟摆才是宇宙动力。

麦琪镇定地走开，多年来让她靠近他的那股力量又将她推开。音乐的藤蔓与迷离的眼神交织在一起。如果欧德·M能找到合适的词，他会将口中Benson的烟雾称为怀旧。麦琪的那个动作如仙女下凡或惊鸿一瞥，万象更新，往事亦然。壁钟在走，看得见一条古老的鸿沟，那里是烦恼丝的发源地。如：降临人世至今让他蒙羞，太过分了。他不苦恼，说苦恼夸张了点，只会烦上加烦。更丢人的事，他尽量避而不谈。

他在赛义德·圣米森的土豆摊前摔过一跤。人行道上结冰，欧德·M摔了个四脚朝天。土豆逃出袋子，像魔鬼击打过的台球，满街乱滚。他永远不再去那儿。对他来说，颜面之痛和骶骨之痛程度相当。世界是个大舞台，大家你看我，我看你，看谁摔得屁股开花。

“摸摸，欧德。”摩尔街卖西红柿的女人对他说。

他摸了摸西红柿，她扯着嗓子吼：“欧德，这可不是小弟弟，怎么摸也摸不硬。”

今天，从微光酒吧里出来的欧德·M脱胎换骨。摩根先生问跟着的狗是不是他的，他居然没生气。

“不是我的，摩根先生。”

“它像五百年没吃过东西。欧德·M，应该给它吃点儿好的。”

“摩根先生，这狗真不是我的。”

该死的老人耳背，自说自话。

“满身跳蚤，给你父亲看见可不好。”

欧德·M看着狗，狗也看着他。换别的时候，他会拼命解释。真怪，骶骨不痛了。一阵风吹来，帮了他一把。

“摩根先生，您要知道：虽然枝叶芸芸，根却唯一。”

老人若有所思，被什么看不见的东西吓坏了，第一次注意听。

“没错，小伙子，没错。”随后，身影消失在夜幕中。

“你啊，又瘦又丑，”只剩下他们俩，欧德·M对狗说，“天啊！你真瘦、真丑、真可怜！听好，大耳朵！现在，欧德要去卡凡纳特酒吧再喝一杯。你从哪儿来，回哪儿去，行不？好了，走吧！”

真怪，他居然在发号施令。他从不对人发号施令，总乐意听命于人。发号施令的人更丢脸。他回忆起军训时，在军营大院里拉一匹骡子。军曹大喊：“地震！”那匹骡子名叫地震。他，欧德，上前一步，立正，回答：“到！”

骶骨一阵刺痛。

“好了，走吧！”他对狗说，耸耸肩，走进卡凡特纳酒吧。

“听着，欧德，”布鲁托说，“编排猪肉的全在说瞎话。知道吗？吃猪肉，能更好地控制胆固醇。欧德，不知道吧？”

布鲁托，约翰·布鲁托，今天打了领带，每喝一大口，就松松领结。据欧德所知，布鲁托和猪肉行业无任何经济瓜葛。因此，他的热情相当值得关注。

“布鲁托先生，其实，观点并非建立在基础之上。我是说，并非有理有据。”

约翰·布鲁托整整领带，好奇地瞅瞅欧德·M。他之所以和他说话，一是不想当哑巴，二是卡凡特纳酒吧的吧台边，此时没别人。

“没错，欧德，你说的我爱听，我就是这个意思。人都喜欢道听途说，没话找话。可这话谁说的？哦，我不知道！瞧瞧，为什么吃猪肉对胆固醇不好？老兄，都这么说，一直有这种说法！究竟何人于何时何地科学证明过？科……学证明，这才是关键。”

“没错，布鲁托先生。万事无绝对。比如说，美国南北战争中打败南军的格兰特将军每晚要喝一瓶酒，甚至更多。有人去林肯总统那儿抱怨，说格兰特是个酒鬼。林肯说：‘先生们，我想知道格兰特喝的是什么酒，好送几瓶给其他将军。’”

布鲁托吓了一跳，似乎听完故事，需要消化一下。随后，他发出震耳欲聋的笑声，拍了拍欧德·M的背。

“太棒了，欧德！故事太棒了！从哪儿听来的，太棒了！”

“是从哪儿读来的，不记得了……”

欧德·M居然还会读书！布鲁托吓了一大跳。在他印象中，欧德呆头呆脑，很不起眼，连句完整的话都说不清楚。

“读书好啊，欧德。只可惜……这故事太棒了！‘我想知道格兰特喝的是什么酒，好送几瓶给其他将军。’欧德，真他妈的棒！”

听完故事，他很高兴，喝完啤酒，叫吧台招待：“再来一杯，欧德！我请！”

“谢谢，布鲁托先生，您太客气了，我得走了。”

头一回，他没帮什么忙，别人就要请他喝酒。换别的时候，他会马上接受，怕布鲁托先生不高兴，不好意思回绝。他也不明白为什么要走。他想：该走了，就走吧！

“就喝最后一杯，欧德，外头风大。”

欧德脑袋里乱七八糟地飞过一堆干鸟和死蝴蝶。诗曰：“虽然枝叶芸芸，根却唯一。”不过，他没开口。布鲁托先生会攥着一句话，说个没完没了。也许，他脸上挂不住，想找个合适的台阶下。

“非常感谢，布鲁托先生。我很荣幸，您要是乐意，我改天来喝。”

“那好，欧德，说定了。”

“回见，布鲁托先生。”

“回见[①]，欧德。”

---

① 两句“回见”的原文均为爱尔兰语。

狗还在门口等，欧德·M很小心，怕吓着它。狗一声不吭地跟他走。他们从马诺尔街下坡，在斯坦霍普学校那儿，往市政府抄近道。路灯将两条身影合而为一：两只大耳朵，六条腿。欧德·M笑了。他第一次笑话自己，感觉很幸福。可笑的影子回过头来，对他说：

“而今，我可凋谢，化入真理。”

在泰姆普雷村家门口，他开门，放狗进去：“爸爸，你说得没错，奥莱利夫人的玫瑰夜里开得也很娇艳。”

身后，落叶如一群麻雀，被秋风扫进了屋。

99读书人

SHORT CLASSICS
短经典精选

短经典精选系列

走在蓝色的田野上
〔爱尔兰〕克莱尔·吉根 著 马爱农 译

爱，始于冬季
〔英〕西蒙·范·布伊 著 刘文韵 译

爱情半夜餐
〔法〕米歇尔·图尼埃 著 姚梦颖 译

隐秘的幸福
〔巴西〕克拉丽丝·李斯佩克朵 著 闵雪飞 译

雨后
〔爱尔兰〕威廉·特雷弗 著 管舒宁 译

闯入者
〔日〕安部公房 著 伏怡琳 译

星期天
〔法〕伊莱娜·内米洛夫斯基 著 黄荭 译

二十一个故事
〔英〕格雷厄姆·格林 著 李晨 张颖 译

我们飞
〔瑞士〕彼得·施塔姆 著 苏晓琴 译

时光匆匆老去
〔意〕安东尼奥·塔布齐 著 沈萼梅 译

不中用的狗
〔德〕海因里希·伯尔 著 刁承俊 译

俄罗斯套娃
〔阿根廷〕比奥伊·卡萨雷斯 著 魏然 译

避暑
〔智利〕何塞·多诺索 著 赵德明 译

四先生
〔葡〕贡萨洛·曼努埃尔·塔瓦雷斯 著 金文彭 译

房间里的阿尔及尔女人
〔阿尔及利亚〕阿西娅·吉巴尔 著 黄旭颖 译

拳头
〔意〕彼得罗 · 格罗西 著 陈英 译

烧船
〔日〕宫本辉 著 信誉 译

吃鸟的女孩
〔阿根廷〕萨曼塔 · 施维伯林 著 姚云青 译

幻之光
〔日〕宫本辉 著 林青华 译

家庭纽带
〔巴西〕克拉丽丝 · 李斯佩克朵 著 闵雪飞 译

绕颈之物
〔尼日利亚〕奇玛曼达 · 恩戈兹 · 阿迪契 著 文敏 译

迷宫
〔俄罗斯〕柳德米拉 · 彼得鲁舍夫斯卡娅 著 路雪莹 译

奇山飘香
〔美〕罗伯特 · 奥伦 · 巴特勒 著 胡向华 译

大象
〔波兰〕斯瓦沃米尔 · 姆罗热克 著 茅银辉 易丽君 译

诗人继续沉默
〔以色列〕亚伯拉罕 · 耶霍舒亚 著 张洪凌 汪晓涛 译

狂野之夜：关于爱伦 · 坡、狄金森、马克 · 吐温、詹姆斯和海明威最后时日的故事（修订本）
〔美〕乔伊斯 · 卡罗尔 · 欧茨 著 樊维娜 译

父亲的眼泪
〔美〕约翰 · 厄普代克 著 陈新宇 译

回忆，扑克牌
〔日〕向田邦子 著 姚东敏 译

摸彩
〔美〕雪莉 · 杰克逊 著 孙仲旭 译

山区光棍
〔爱尔兰〕威廉 · 特雷弗 著 马爱农 译

格来利斯的遗产
〔爱尔兰〕威廉 · 特雷弗 著 杨凌峰 译

终场故事集
〔爱尔兰〕威廉·特雷弗 著 杨凌峰 译

令人反感的幸福
〔阿根廷〕吉列尔莫·马丁内斯 著 施杰 译

炽焰燃烧
〔美〕罗恩·拉什 著 姚人杰 译

美好的事物无法久存
〔美〕罗恩·拉什 著 周嘉宁 译

魔桶
〔美〕伯纳德·马拉默德 著 吕俊 译

当我们不再理解世界
〔智利〕本哈明·拉巴图特 著 施杰 译

海米的公牛
〔美〕拉尔夫·艾里森 著 张军 译

对不起，我在找陌生人
〔英〕缪丽尔·斯帕克 著 李静 译

爱因斯坦的怪兽
〔英〕马丁·艾米斯 著 肖一之 译

基顿小姐和其他野兽
〔安道尔〕特蕾莎·科隆 著 陈超慧 译

在陌生的花园里
〔瑞士〕彼得·施塔姆 著 陈巍 译

初恋总是诀恋
〔摩洛哥〕塔哈尔·本·杰伦 著 马宁 译

美好事物的忧伤
〔英〕西蒙·范·布伊 著 郭浩辰 译

一切破碎，一切成灰
〔美〕威尔斯·陶尔 著 陶立夏 译

纵情生活
〔法〕西尔万·泰松 著 范晓菁 译

命若飘蓬
〔法〕西尔万·泰松 著 周佩琼 译

爱，趁我尚未遗忘
〔海地〕莱昂内尔 · 特鲁约 著 安宁 译

水最深的地方
〔爱尔兰〕克莱尔 · 吉根 著 路旦俊 译

石泉城
〔美〕理查德 · 福特 著 汤伟 译

哥哥回来了
〔韩〕金英夏 著 薛舟 译

他们自在别处
〔日〕小川洋子 著 伏怡琳 译

恋爱者的秘密生活
〔英〕西蒙 · 范 · 布伊 著 李露 卫炜 译

在奥德河的这一边
〔德〕尤迪特 · 海尔曼 著 任国强 戴英杰 译

当我们谈论安妮 · 弗兰克时我们谈论什么
〔美〕内森 · 英格兰德 著 李天奇 译

死水恶波
〔美〕蒂姆 · 高特罗 著 程应铸 译

一个自杀者的传说
〔美〕大卫 · 范恩 著 索马里 译

我的爱情，我的伞
〔爱尔兰〕约翰 · 麦加恩 著 〔爱尔兰〕科尔姆 · 托宾 编 张芸 译

蝴蝶的舌头
〔西班牙〕马努埃尔 · 里瓦斯 著 李静 译

未始之初
〔西班牙〕梅尔塞 · 罗多雷达 著 元柳 译

子弹头列车
〔加拿大〕邓敏灵 著 梅江海 译